迷藏

MI CANG

西樵媛◎著

广西人民出版社

图书在版编目（CIP）数据

迷藏 / 西樵媛著. —南宁：广西人民出版社，2013.4
ISBN 978-7-219-08217-1

Ⅰ.①迷… Ⅱ.①西… Ⅲ.①长篇小说-中国-当代
Ⅳ.①I247.5

中国版本图书馆CIP数据核字（2012）第296649号

监　　制　白竹林
策划编辑　梁凤华
责任编辑　梁凤华
责任校对　周娜娜
印前制作　麦林书装

出版发行　广西人民出版社
社　　址　广西南宁市桂春路6号
邮　　编　530028
网　　址　http://www.gxpph.cn
印　　刷　广西大一迪美印刷有限公司
开　　本　880mm×1230mm　1/32
印　　张　8
字　　数　180千字
版　　次　2013年4月　第1版
印　　次　2013年4月　第1次印刷
书　　号　ISBN 978-7-219-08217-1/I·1620
定　　价　25.80元

人是脆弱的动物，总在习惯性地回忆过去，无论美好或者悲伤，都无法摆脱旧日的束缚。

人是坚强的动物，总在有意识地怀疑生活，无论幸福或者痛苦，都无法摆脱杂念的纠缠。

在看不见的角落，罪恶以最简单的方式发生，却在回忆与怀疑的交锋中掩盖了锋芒。

人来人往的酒店，调查以最隐蔽的方式进行，却因情感和理智的纠缠而拖沓了脚步。

前缘再续，抑或是厄运的回转，抑或是罪恶的终结，诀别中凤凰涅槃。

目录
CONTENTS

序　章　记事簿

2003年12月18日　凤凰楼董事长夫人谢曼君在家中被人毒杀。

2004年11月3日　西贡村屋附近发生枪袭，法证高级顾问齐云生死亡，重案组高级督察蒲天重伤。

2005年2月16日　西九龙警局法证部高级化验员袁眉因工作失误，主动递交辞呈。

2005年8月23日　凤凰楼公关部接待组新组长袁子樱报到。

2008年8月24日　太子道发生严重车祸，西九龙警局公共关系科副主任叶艾琳伤重身亡。

2008年9月6日　重案组高级督察蒲天以私人原因为由提出辞职。

2012年4月23日　西九龙警局破获重大走私案件，同日，公海发生游艇爆炸事故。

2012年5月20日　香港第一酒店御皇都的展演厅发生电子烟花爆炸……

第一章　炸弹危机

2012 年 5 月 21 日　上午

“……昨夜御皇都展演厅的爆炸事故引起大面积火灾，且火势迅速扩大，直至凌晨，火势得到控制，并未蔓延到其他楼层，但二十层的五个展演厅全部被毁，其中也包括爱贝乐团指定使用的拥有 2000 席位的大型展演厅。据了解，爆炸发生时，二十层的消防和报警系统都没有示警，由于火灾的影响，现在已无法查证该系统是否在火灾发生前已经受损。虽然火灾未造成人员伤亡，但御皇都却陷入恐慌之中，不但客人纷纷要求退房，已订房的客人也要求退还订金，最大的后遗症，便是爱贝乐团的演出将无法如期举行。据闻，爱贝乐团已向香港政府致函，表示不满及失望……”

听着这样的报道，匡雄伟知道自己又有事可做了。果然，总裁的夺命追魂电话紧随而至，匡伟雄的耳朵还没贴上去，就听见总裁的暴吼：“9 点半到 3 号会议室开会!”嘟嘟嘟——

呵，每次都是这样，多余的话一句没有。匡雄伟抬手看看表，已经 9 点 15 分了。他看看凌乱的床铺，按下服务铃，然后提起公文包，从容地离开。这里是十五层的高级职员会晤房，匡雄伟在电梯门口碰到自己的部下唐进辉。

“匡先生早。”唐进辉点头致意。

匡雄伟点点头，电梯门开，两个人一起进入电梯，匡雄伟按下楼层 7 的按钮，似不经意地说：“御皇都的事你知道了吧?”

“全香港的记者都在写这件事，这下他们的名声更大了。”话毕，电梯到七层，唐进辉跟着匡雄伟走出电梯。

“枪打出头鸟，”匡雄伟朝着会议室方向走去，“一会儿你哪也别去，我估计总裁急召也是因为这件事，我们公关部又得取消所有休假了。”匡雄伟说着，推开会议室的门进去。

“我知道了。”唐进辉冲着关上的门说了这句话，然后叹口气，转身重新走回到电梯门口，门正好又开了，一个端庄的女人正准备从里面出来，与唐进辉打了个照面。

“这里是七楼。”唐进辉说着，然后走进电梯。

“不好意思，我看见你，就自然以为到了九层，从没有想过你也会在七层出现，看来今天的新闻，还不止一条啊。”女人讽刺地说，却露着微笑。

“女人小气我见得多了，没见过你这种的。我是有前科，所以屁股粘在凳子上想挪也挪不开，这些年我是被架空了，但至少没人说闲话。你又没什么历史污点，也在客房部原地踏步了四年，两年前虽然走运跳级来了公关部，里面的猫腻却瞒不过谁，这样你都能待得下去，孔喻欣，你比我有耐性啊。”九楼到了，到唐进辉不冷不热地笑着，从打开的电梯门里头也不回地走出去。一脸恼怒的孔喻欣用力地扶住正要合上的电梯门，用劲推开，然后迈步出去。

“是不是又吵架了?”两个路过电梯的职员偷偷议论着。

“他们两个？三天一大吵，一天一小吵，较劲又不是一两天了，还有什么可奇怪的!”

“怎么你们很喜欢背后议论人吗?”颇有威严而略带风趣的声音从背后传来，把两个小职员吓了一跳。

“明先生。”两个小职员低下头去。

“明先生，快到9点半了。”一个清瘦干练的女职员过来提醒他。

“你回十楼，通知所有人在办公室待命。”明学文说完，走进电梯，按下七楼的按钮。

9点30分，会议准时开始，总裁关天赐用力拍了桌子两下，说：“御皇都的那颗炸弹炸得很是时候，即便你们说我幸灾乐祸我也无所谓，我只知道这是我们凤凰楼打倒御皇都的最佳时机。爱贝乐团的演出在一个月后，取消演出对他们来说，损失是巨大的，对我们来说，损失也是巨大的！我们必须争取爱贝乐团，把这个本来已经失去的机会给夺回来！匡雄伟，你们公关部立刻停下手上的其他工作，暑期度假宣传也全部推迟，新客户拓展计划也暂时放下，在一个星期内给我拿出方案！”

“明白。”匡雄伟没有异议。

“会议会展部 AB 组的工作压缩一下，全力配合公关部，把细节方案做出来。”

“好的。”明学文点点头。

“客房部、餐饮部、娱乐部各抽调部分人员出来，组成临时紧急任务小组，全面配合公关部以及会议会展部，把服务样品全部准备好。”

“是。”三个部长齐声回答。

“保安部要重新培训排班，如果人手不够就向专业的保安公司借调，御皇都的事绝不允许再次发生！”话毕，咚咚的敲门声突然响起。“进来！”被中途打断，总裁显然有些不满。

“关总，消防局的人来了，说是突击检查，而且——”总裁秘书贝一一带来一个不太好的消息。

“什么？怎么一点消息都没收到！”关天赐没等秘书把话说完，就开始咆哮。

“我马上通知保安部做准备。”保安部部长夏铭立刻掏出手机。

“现在准备还来得及吗？这种事情早该想到！”

“你遇见他们了吗？”明学文突然向秘书提问。

“不是的，是接待组的人通知我的，还说要总裁先生做好准备，可能会有记者来采访。”

“你怎么不早说！学文——”关天赐看向明学文。

“我知道了，立刻安排会议室。”明学文也赶紧掏出手机。

过了一会儿，保安部部长夏铭接到电话，脸上微露喜悦，“关总，保安部那边说，检查已经顺利通过了。”

“记者还没有到吗？”关天赐有点急，如果检查人员走了，宣传的意义就不大了。

“暂时还没到，”匡雄伟摇摇头，“看来要拖延一下时间才行。”

“关总，”贝一一接完手机，“接待组的消息，消防局局长到了，在跟检查人员了解情况，应该可以拖延一段时间，接待组的建议是，请您下楼迎接。”

“那还等什么，赶快走！”关天赐见能拖延时间，赶紧带领大部队往下跑。

终于，关天赐与消防局局长康盛中的会面拖延了时间，记者们按时赶到，新闻采访顺利进行，凤凰楼打响了爱贝乐团争夺战的第一炮。然而，关天赐深深感受到了这场争夺战的险恶与激烈。据消防局透露，是有人寄了匿名信，投诉凤凰楼的消防系统有问题，才导致了这次的突击检查。一场虚惊后，关天赐不禁后怕连连，赶紧召开第二场部长紧急会议。

“现在我们都没有出手，就有人暗中对我们下手，御皇都还真是抛了个烫手山芋给我们。”关天赐把水杯重重往桌上一搁，水晃了晃，差点溢出来。

“我马上让人去查。”夏铭赶紧接上。

“不用了！”关天赐喝止，“究竟是谁在背后捣鬼，我不想追究了，也不必去追究，与其花时间去找隐蔽起来的敌人，不如找找我们自己的问题。消防局突然来检查，事先为什么没有做准备，记者采访到底是怎么回事，消防局局长的出现是偶然还是有人故意安排的，这些事情，到底谁能给我个合理的解释？雄伟，这次最先接触消防检查组的是你们接待组的人，你回去了解一下，给我个详细的报告。”

“知道了，我中午之前给你。”匡雄伟扶扶眼镜，露出轻松的笑容。解释？呵呵，这种逢凶化吉的戏剧性故事，在凤凰楼，从来都只有一个解释——袁子樱。

明学文刚回到十楼，孟萧萧就紧张兮兮地凑过来，“筹备会议室的事，是今天早上部长会议上关总突然提出来的吗？”

“是啊，怎么这么问？”明学文皱皱眉头。

“因为电脑的问题，我刚刚才查了邮件，原来有人在昨天晚上就已经发邮件通知我要准备会议室了。”

“哦？”明学文的眉头皱了起来，却又突然松弛开来，嘴角微微上扬，“袁子樱要回来了。”

“我想也是。”孟萧萧眨眨眼，明眸闪亮。

唐进辉在桌前沉思。早上 8 点 45 分，自己打开电脑，搜寻关于御皇都的一切消息，一份全新的宣传方案已经在脑海中渐渐成型。关天赐的心思，是凤凰楼所有人都在研究的心思，他唐进辉当然也得超前一步，把功课做好。然而，当他准备向属下发号施令的时候，他却看到属下比他更加忙碌的背影。新闻记者，大概就是在那个时候就联系上了吧。算了，他早就习惯了，在很多个特殊的时刻，他这个宣传组组长，是被架空的。

“怎么，心里不舒服了？”孔喻欣不敲门就进来了，“不要说自己倒霉有前科，那都是借口，你确实没有人家想得周到。”

“少幸灾乐祸了，你比我好不到哪儿去。”唐进辉没心情跟她斗嘴。

“我是来通知你的，早上的部门会议推迟到下午了。”

“为什么？”唐进辉还以为匡雄伟会赶快召开会议，讨论爱贝乐团的事。

“因为匡部长有更重要的人要接待。”孔喻欣径直走到窗边，拉开窗帘，朝楼下望去。一辆黑色的宝马停在凤凰楼前，车门打开，一个身着紫色长裙的女人出现在孔喻欣的视线里，那种逼人的高贵，让孔喻欣的心惴惴不安。

咖啡机充满节奏的声音让匡雄伟兴奋不已，他搓搓手，亲自将咖啡端到袁子樱面前，“怎么提前取消休假了，需要倒时差吗?”

“出了这么大的事，就算睡着也被吓醒了，”袁子樱略微停顿，双眸灵巧地一动，“消防检查的事顺利解决了?”

“是你在远程遥控吧?”匡雄伟给自己也倒了杯咖啡，嘿嘿笑着，“事先也不跟我通个气，关总面前我一句话都不敢乱说。”

“你有分寸的，”袁子樱笑笑，“其实我只是怕御皇都的意外会让政府和媒体特别关注消防安全问题，以前也有过类似的案例，某个牌子的牛奶出现质量问题，政府就会对其他牌子的牛奶进行质量突击检查，我只是怕这种情况出现，才提前做了安排。我让简亭埋伏在消防局附近，见他们行动了，就立刻通知我，我才有时间通知媒体，安排会议室。”

“将计就计，好主意，可消防局局长是怎么回事?”匡雄伟仍有不解。

“那是以防万一的安排，谁也不知道记者什么时候能到，必须有人能拖延时间，我跟康局长的私交不错，就拜托他出面了。”

“他倒是很能帮忙啊。”匡雄伟有点好奇堂堂局长怎么能这么配合。虽然他知道袁子樱有这个本事，但他想知道得更详细。

“一个关心民生的消防局局长的形象，也是要花心思去经营的。”袁子樱笑着说，“再说，有局长大人替我们凤凰楼说话，何乐而不为呢。”

“知道吗，袁子樱，你是天生的公关，”匡雄伟认真地看着她，“感谢你，留在我们凤凰楼。”

“你今天怎么了？我也不是第一次给你惊喜了，我还以为你习惯了。”

“可每次你带给我的惊喜，都不一样。”

“我想我带给你的惊喜，怎么都比不上御皇都带给我们的惊喜大吧？”袁子樱弯起眼角，露出狡黠的目光。

同一时间，香港西九龙警局毒品罪案调查科高级督察邵英杰正在视听室看着御皇都火灾报道的重播。御皇都是香港排名第一的贵族酒店，十五米挑高的大堂，一万平方米的会馆设施，二万平方米共四百间白领公寓客房，二万平方米共二百间金领套房，三万平方米共二百间贵族豪华客房，三万平方米共一百间贵族豪华套房，加上一万平方米二十套顶级别墅，御皇都拥有全香港最豪华最奢侈的客房资源。此外，十五至十八层的会议层、十九至二十层的展览层，二十一至二十二层的宴会层，使得御皇都成为达官贵人淑女名媛聚会的首选。就在三个月前，英国著名的大提琴家依尔莎就指定了御皇都为其所在的爱贝乐团香港首演的唯一表演地及驻扎地，御皇都也因此更加风光无限，连续三个月来，整个酒店的筹备进展都成为媒体追逐报道的焦点。偏偏在这个节骨眼上，御皇都展演厅的电子烟花设备发生爆炸，未免太巧合了吧，何况……刚想到一半，总督察打来电话，让邵英杰去一趟。

邵英杰上了三楼，敲门进入总督察办公室，还没说话，总督察方天越就把一封信推到邵英杰面前，“这已经是第二封匿名信了，英杰，你们查凤凰楼到底进展怎么样?”

邵英杰看了一眼匿名信的内容，抬起头说：“我们调查了凤凰楼四年内的人事变动情况，最后锁定了六个目标，其中四个，是在三年前进入凤凰楼的，全部都是主管级人员，最大的就是现任总裁关天赐，然后是保安部部长夏铭，会议会展部部长明学文，再是跟明学文同时进来的会议会展部组长孟萧萧。另外两个，是在四年内有重大人事调动的，一个是公关部营销组组长孔喻欣，两年前突然从客房部转到营销组，跳一级，是当年人事变动的大冷门，再一个就是公关部部长匡雄伟，他是在明学文来之前，突然从会议会展部平调到公关部的。”

方天越愁苦地吁了口气，“这些人不是在公关部，就是在会议会展部，可是这两个部门都不是凤凰楼的核心部门啊。”

“这个我和底下人也讨论过，财务部和行政部当然更有可能接触到酒店运营的漏洞，但是匿名信中请求我们秘密调查，我们觉得这个人对凤凰楼的名誉极为重视，既希望我们阻止犯罪，又想保护凤凰楼，从这个角度来看，凤凰楼本身参与犯罪的可能性不高，最有可能的，就是有人利用在凤凰楼的职务之便进行犯罪，而公关部和会议会展部是整个凤凰楼里灵活性最高、对外沟通最频繁、信息流最大、活动点最多、个人行踪最难把握的两个部门。至于保安部，因为它最了解凤凰楼的安全系统，所以也是重点怀疑的对象。当然，我们也不会绝对排除其他的可能性。现在最大的障碍是，我们不能公开进行调查，这对调查进展影响很大。”

方天越沉思着点点头，“这个问题，我会认真考虑后做出安排，你们的调查依旧在外围进行。”

“是。”邵英杰犹豫了一下说，“还有一件事，我们在调查凤凰楼高层的时候，发现了一个人。”

方天越看着邵英杰欲言又止的样子，不禁扬起眉头，“我们认识的人？”

“凤凰楼公关部接待组的组长，是我们警局原法证部化验员袁眉，她现在已经改了名字，叫袁子樱。听说，她在凤凰楼很有地位。”

“很有地位？只是个接待组组长而已，就这么吃得开？”方天越思索了一下，“如无必要，不要惊动她。”

“知道了。”邵英杰走出总督察办公室，重重担忧袭上心头。

第二章 命案重现

2012 年 5 月 21 日　下午

凤凰楼的会议室里，匡雄伟面对着袁子樱、孔喻欣、唐进辉三位得力部下，传达关天赐的指令。“爱贝乐团的事迫在眉睫，一个星期里，我要对关总有个交代，而你们三个，要对我有个交代。喻欣，你们营销组把手里的事都先放下，做一份市场调查给我。”

“好的，我马上去办。”孔喻欣点点头。

“宣传不能再等了，今天消防检查的事一上报，宣传就不可能停下来，下午就要开始，可以吗？”

“这个我已经有准备了，”唐进辉胸有成竹的样子，“就从安全宣传开始，我会在凤凰楼的公共电子屏上播放消防安全的宣传片，向住客发放应急系统的传单，张贴组织员工进行安全教育的通知，然后在公益消防宣传的片子后插播我们凤凰楼的广告，电视台那边已经打好招呼了，这样做既符合舆论导向，又不露痕迹，进退都有余地。”

“嗯，”匡雄伟又看向袁子樱，“爱贝乐团就交给你了，接待方案最好也能在三天之内出来。”

“这个没有问题，但是考虑到御皇都的火灾会让爱贝乐团有所顾虑，我想准备一个考察活动，就是请爱贝乐团特派考察员对我们的方案和服务能力进行考察，当然也包括硬件条件和安全系统，这样既能防止我们走弯路，又能确保我们与爱贝乐团的‘亲密接触’，一举两得。”

匡雄伟打打响指，“按你的意思做，还有，会议会展部那边你要多沟通，关总的意思是各部门全力配合我们，尤其是会议会展部，很多细节都要靠他们来做，事先订的会议服务不能取消，但明学文已经同意压缩 AB 组的工作，专门派人配合我们。子樱，你跟学文一向合作得不错，继续努力。”

“我会的。”袁子樱点点头。

“那行，大家行动吧！”匡雄伟拍拍手，给干将们打气。

散会后，袁子樱去了明学文的办公室，在他对面坐下，牢牢盯住他，却一言不发。

“怎么了？”明学文见她这样，就知道事情不小。

子樱斜过身体，不满地说：“你很本事啊，公司里的人用内部邮箱发邮件给你的下属，居然要强制抄送给你一份才能发成。”

明学文笑了，“新推出的干扰软件，我试着玩的，不过你放心，我不会拿凤凰楼来玩，只有你发邮件给我的下属才会有强制抄送，别人不会。”

“那你就是针对我了？”袁子樱双臂交叉在胸前，微微露出警惕的敌意。

“你说是就是吧。”明学文似乎不想跟她争论，但在骨子里认定自己是无过的。

“最近政府会议多，我又不知道消防局什么时候行动，万一会议室订出去了，再收回来可不容易，我只是未雨绸缪而已，这样做有什么不对？”袁子樱就事论事。

“你为凤凰楼着想我也很感激，很理解，但是你要用我的人，是不是应该先跟我说一声呢？我不介意你直接遥控我，但你现在这么做，孟萧萧会为难，我也会很为难。”

“有什么为难的？照做就是了。”袁子樱有些霸道地说道。

“你太霸道了，真把自己当公主吗？”明学文直接地问。

“你说过的，你欣赏我的霸道。”袁子樱凑近他，直盯着他的眼睛。

“在不影响我的情况下，是的。”明学文认真地肯定又否定着。

“我明白了，”袁子樱狡黠地一笑，“我支使孟萧萧，让你不高兴了。”

“不是孟萧萧，是会议会展部！”明学文加重语气，“你在公关部呼风唤雨，我可以不理，但是会议会展部，还轮不到你来做主！”

“我在凤凰楼七年了，从来都是这么霸道，没有一个部长跟我这么说话!”

“别的部长我不管，我这关，你过不了。”

“没有接待组，会议会展部只能是一潭死水。”袁子樱用略带威胁的口吻说。

“没有会议会展部，凤凰楼就少了一个翅膀，可我从来没有想过自己能做凤凰楼的主。”

“如果没有能力做到的话，想也是浪费。”袁子樱丝毫不遮掩自己内心的骄傲。

“孟萧萧根本没有按照你的指示提前准备好会议室，”明学文虽知是电脑故障惹的祸，但他想挫挫袁子樱的锐气，“是我在部长会议上直接通知她做准备的，不信你可以去问，问那些到会的部长，或者去查会议室使用记录，时间绝对在消防局的人到达之后，而且与我的通话时间相差无几。”明学文轻轻抽动嘴角，“其实，你也不是那么有能耐。”

袁子樱睫毛一抖，“对啊，我差点忘了，孟萧萧是你带进凤凰楼一手提拔起来的，自然唯你马首是瞻了，不过，我有没有能耐，你很快就会知道!”

明学文嘴角一扬，“我拭目以待。”

2012 年 5 月 22 日　上午

只过了一夜，明学文就知道和袁子樱赌气要付出极大的代价。

“什么，借调孟萧萧?”明学文坐在关天赐面前，听着他的决定，似乎没有要商量的意思。

“爱贝乐团的Case（个案）比较特殊，如果把接待方案跟会议展演方案分开来做，会拉长决策周期，重复的沟通修改会使效率降低，所以我想，从你们会议会展部抽调一个核心人员到接待组去，两套方案同步拟定，这样会缩短不少时间，效果也会更好。本来我想把你调过去的，可是不行啊，不能把你降职啊，哈哈，那就只能把你们部门最能干的孟萧萧给调过去了。时间不长，就两个星期，等爱贝乐团的特派考察一过，就放她回去，这样总没问题了吧？”

“既然您都这么说了，那我只好遵命了。”明学文露出一副无奈而又顺从的表情，心里却在苦笑。明学文从关天赐的办公室出来，走到电梯旁，电梯从三楼上来，停住，门开了，袁子樱在里面笑着等他。“是你的意思吧？”明学文说着走进去，电梯门关上。

“我不是说了吗？”袁子樱轻轻拨了一下刘海，“我有没有能耐，你很快就会知道。”明学文没有看她，但他却能感受到她那种胜利的目光。电梯到了九楼，袁子樱走出去，明学文看着她的背影，心中复杂的情绪如麻线般团团纠缠。袁子樱，她必定要按照自己说过的话走下去，哪怕是一句赌气的话，哪怕是一时冲动的话，哪怕是一句真的错了的话，只要说出口，她必定会做到，今天是如此，七年前也是如此。

2012年5月22日—2012年5月25日

孟萧萧离开明学文的日子过得如水般平静，袁子樱并没有为难她。相反，两人间有种奇怪的默契，似乎不需要任何的培养就能生根发芽。“其实她并不霸道，”中午吃饭的时候，孟萧萧这样跟明学文说，“她的严厉和宽容似乎跨越了上下级的界限，我们所处的是个没有阶层观念的世界，她要的是和她一起做事的伙伴，而不是什么部下。如果唐进辉能够抛弃与袁子樱平级的杂念，他应该不会感受到那种所谓霸道的感觉，会不会是你们太在乎一些东西了呢？”

“你只去了两天而已，就被收买了吗？”明学文对这样的评价有些惊讶，因为他认识的袁子樱就像一只刺猬，扎得人哪都疼。

“难道你希望我跟她水火不容吗？”孟萧萧一边反问，一边舀了一大勺咖喱饭。

“我本以为那是不可避免的，”明学文实话实说，“我在她面前说了些过分的话，可能会牵连到你。”

“是邮件遥控那件事吗？”孟萧萧把咖喱饭咽下去，“你以为她会怪我？”

“她并不知道电脑故障的事——”明学文想解释清楚。

“她知道的，”孟萧萧似乎比明学文更了解内情，“她给自己的邮箱设置了阅读反馈功能，她知道我没有读过那封邮件，那就谈不上视若无睹了。”

“是吗？”明学文想起那天蹩脚的谎言，不禁有些惭愧。

“一个霸道独裁的人，是不会对一个错误的结果追根溯源的，她从一开始就考虑到了各种意外的可能性，这种细腻周到，不是一个独裁者的品质，倒像是……”孟萧萧似乎一时找不到合适的词形容，微微皱眉咬住一半没入橙汁的吸管。

就在这时，不远处的一张餐桌发出一片混乱的声音，接着就是瘆人的尖叫。孟萧萧和明学文扭头去看，只见简亭面如死灰，整个人倒在地上，椅子翻倒了，桌上的茶也打翻了。一瞬间，两人都成了雕塑，仿佛空气也不再流动，整个餐厅悄无声息，沉如磐石。

“你们愣着干什么?!”袁子樱突然跳出来，“简亭一早起就发高烧，现在晕倒了，还不赶紧送到医务室去!”袁子樱说着就去扶简亭，同时向明学文投去求救的目光。明学文看懂了她的眼神，急忙过去帮忙，在他的双手接触到简亭身体的那一刻，他心里突然产生异样的感觉。好沉!明学文一脸错愕地看向袁子樱，袁子樱的眼里却闪过警告的意思。明学文没有说话，抱起简亭往医务室去。“好了，都别围着了。童宁，让保洁阿姨来整理下。”袁子樱一边说，一边掏出餐巾纸，抹掉桌上的茶水，拿走吃剩的三明治。

袁子樱赶到医务室的时候，明学文和叶医生满脸惊恐地看着她。袁子樱低头看向一动不动的简亭，午饭前，她们还在一起讨论方案，她灵动的模样和欢快的笑声还停留在崭新的记忆里，而转瞬间，她已经全然没有了生气。“真的没救了吗?”袁子樱双手捂住脸，呼吸不断加重，“怎么会发生这种事，还是在这个时候!”

叶医生为难地咬咬牙说：“人命关天，我们是不是要报警?”

“报警是肯定的，但是不能惊动任何人，否则爱贝乐团的事就完了。”袁子樱把湿透的餐巾纸和三明治交给叶医生，“还有，把这两个东西交给警方，相信会有帮助的。”

“哦，好。”叶医生接过来，担心地问，“我们擅自挪动尸体，会不会有麻烦?”

“任何麻烦我都会解决，你把我刚才交代的事情做好就行。如果警察问起来，就说我们也是把简亭送来后，才发现她已经死亡的。”袁子樱又对明学文说，“我去找关总商量一下，你在这里看着。”明学文点点头。

袁子樱从医务室出来，一边打电话和关天赐说明情况，一边匆忙上九楼，走到简亭的办公桌旁，仔细观察起来。桌子上，一台笔记本电脑，一个精巧的笔筒，三本笔记本，其中一本还摊开着，一个水杯，里面的水已经凉了，一瓶退烧药片，一瓶快见底的酒精棉花，还有一支体温计。袁子樱弯下腰，把桌子底下的垃圾桶挪出来一看，垃圾都已经被清空了，垃圾袋也像是新套上去的。

霎时间，袁子樱的记忆闪回九年前，那个风雨交加的夜……

2003年12月18日　晚上

睡梦中，袁子樱接到上司的电话，说凤凰楼董事长黎佑铭的夫人谢曼君死在了自家的别墅里。袁子樱匆匆赶往别墅，重案B组的队伍已经到了，高级督察蒲天正向用人了解情况。用人张姨看到袁子樱后，目光停留了一瞬，随即继续向蒲天陈述情况。这时，从加拿大派来香港的法证技术高级顾问齐云生也到了，和袁子樱一起进入别墅。

谢曼君死在一楼的餐厅，圆桌上按六人份放着牛排套餐，而谢曼君的座位前只有一杯红茶。看起来，黎佑铭是在宴客，几位客人都被集中到一楼的客厅，重案组的人正在对他们一一问话。袁子樱的目光落在谢曼君的尸体上，这个优雅的女人，连死亡都不能把美丽从她身上带走。袁子樱看向坐在客厅沙发角落里的黎佑铭，心中隐隐作痛。然而，他们之间的关系是不能吐露的秘密，所以她只能忍着，忍着。

这时，法医卓晨曦来了，驾轻就熟地戴上手套，取出工具，开始检查尸体。袁子樱拎着工具箱到了二楼，进入谢曼君的房间，这里她很熟悉，所以很快就判断出房间的物品没有被明显挪动过。袁子樱开始查看床头柜的抽屉，在连看了三个抽屉后，发现了问题。谢曼君专用的体温计和酒精棉不见了，这两样东西原本都是放在第二格抽屉里的，只有谢曼君发烧的时候才会拿出来用。谢曼君对体温非常敏感，尤其在发烧的时候，会特别注意体温的变化，随时测量。袁子樱又依照惯例检查了房间里的垃圾桶，是新清空的。她走出卧房，走进隔壁的书房，一眼看到窗边桌子上的体温计和酒精棉花瓶，还有一本看到一半被摊开放着的书。袁子樱从工具箱里取出证物袋，把这些东西都放进去。同样，她检查了桌底下的垃圾桶，也是清空的。她蹲下身检查地面，发现了几根不属于谢曼君的短发，并一一收集起来。

袁子樱又检查了二楼的其他房间，没有什么特别的发现，就带着搜集好的证物走回一楼，刚好听见卓晨曦做初步检查的汇报，“死者没有明显外伤，体表特征没有明显指向性，根据目击证人的描述，死者没有明显不适，突然死亡，我怀疑是中毒，而且是慢性毒的突发死亡，具体原因要回去对尸体进行解剖后才能知道。还有，死者高烧，如果曾经服食过药物的话，需要做药物检验，不排除药物反应导致死亡的可能性。”

袁子樱一边听着，一边把搜集到的证物交给齐云生，“二楼的垃圾桶全部被人清空了，我建议暂时保留附近垃圾站的垃圾，可能会有线索。还有，我们要对在场的每位目击者的随身物品进行检查，以洗清嫌疑。”

袁子樱这话一说，那几位客厅里的人都面露怒色。黎佑铭站起来说：“检查就免了吧，这几位都是我的家人，专程从加拿大赶来为我庆祝生日的，他们绝不会杀害曼君。”

袁子樱心里一阵颤抖，家人，他们就是黎佑铭在加拿大的家人，他们才是一家人。

“黎先生，”蒲天站出来说，“这样做也是为了保障他们的利益，而且我们也不会强行搜身，只要各位把随身携带的物品都亮出来就好，请各位配合一下吧。”黎佑铭咬咬嘴唇，带头把身上的手机和钢笔放到茶几上。几位客人见状，也纷纷掏出身上的东西，有纸巾、笔、手表、手机……蒲天扫了一眼这些东西，皱着眉头问：“黎先生，今天来过府上的人，都在这里了吗？”

黎佑铭一听这话，顿时想到了什么，“哦，还有我的一个老朋友简宁，他晚上有其他安排，所以晚饭前刚走……你们，不会怀疑他吧？他和曼君认识十几年了，关系很好，怎么可能杀她呢？”

“别紧张，我只是循例问问。”蒲天看了看齐云生，齐云生微微点头，表示该搜的都齐了，于是蒲天说，“黎先生，今天就先到这里，夫人的死因我们会尽快查明，如果有需要的话，可能还要来麻烦黎先生，您和您的家人暂时不能离开香港，还请您理解。”蒲天说完，机敏的目光又迅速地扫了一圈四周，而后收队离开。

黎佑铭忧虑的目光从袁子樱脸庞掠过，袁子樱平静地给他一个安慰的眼神，跟着齐云生离开。

2003 年 12 月 19 日

验尸报告出来了，卓晨曦在谢曼君的胃里发现了三种未消化的成分，一种是治疗高烧的特效药，一种是普通的英国红茶，最后一种是特殊的化学剂，这种化学剂在总含量低于二毫克的时候，对人体是无害的，而且每一毫克消化排出的时间是二十四至三十六个小时，但是，如果这种化学剂的累积含量超过了半毫克，并同时接触到咖啡因和茶氨酸，就会使人体血管迅速收缩，脑部供氧不足，导致短暂窒息，同时引起神经系统麻痹，造成突然晕厥。如果知道病发原因，即时抢救，还有生还的希望，但因为死者当时没有呼救和挣扎，呼吸也暂时停止，很容易被误认为已经死亡，只要耽搁几分钟，假死就变成真死了。这种杀人手法只在极个别的案例中出现过，这还是他们头一回碰到。

蒲天看着报告，眉头蹙成了疙瘩，“黎佑铭说，死者因为发烧所以整天没有胃口，而且她是个对体温极度敏感的人，每十五到二十分钟就要自测体温，为了确保温度的准确性，她连水都不喝。直到晚宴要开始的时候，她才吃了特效药，吃药时喝的水是用人张姨倒的。云生，水有没有问题?”

“水没有问题，杯子上有张姨和死者的指纹，水中有死者的唾液，相信没有被调包过。那杯红茶也是一样。”

蒲天点点头，继续说：“死者因为高烧，对牛排反胃，所以只让张姨准备了白粥，可是死者死亡时白粥还没有上桌，现在唯一可能被动过手脚的就是特效药。”

“不是特效药，”齐云生说，“我们检查过药板，没有被动过手脚，而且在被剥走的那颗药片的位置，我们找到了死者较多的重叠的指纹，说明是她亲手把药片取出来的，也能看出药板没有被调包过。”

“其实未必是食物的，”袁子樱突然开口，“有些东西虽然不能吃，但人们也会把它放进嘴里，一次又一次，尤其是生病的人。”

“你是说体温计?”蒲天一下明白过来。

“怪不得了，”卓晨曦恍然大悟，“我验过死者口腔，发现舌头底下的药剂特别集中，而且死者的拇指、食指和无名指的指肚上都有药剂残留的痕迹，我还在想，死者是不是习惯把药含在舌头底下，刚才听齐云生说特效药没有问题，我正纳闷呢。现在都通了，那恰好是体温计水银探头与口腔接触的位置，看来凶手是通过体温计向死者下毒的，虽然每次能附着在探头上进入口腔的量很小，但死者习惯频繁测量体温，一天下来，也足够了。”

“不对，”袁子樱提出新的看法，“测体温前我们都会用酒精棉花擦拭探头，这样毒药不就被擦掉了吗?”

“就因为要用酒精棉花擦拭体温计探头，才能重复下毒呀。”蒲天笑了。

“是酒精棉花，”齐云生也想到了，“凶手把药剂加在酒精瓶里，利用死者的习惯进行谋杀。”

“嗯，”卓晨曦点点头，“这样看来，死者手指指肚上的药剂残留，是捏紧酒精棉花时留下的。”

“可是，我们检查过在死者家里找到的体温计和酒精棉，全部没有问题。而且体温计和瓶子上都有死者大量的指纹，相信是死者常用的。”齐云生说。

“这不难，二度调包就可以，现场都搜过了，如果垃圾站还没有结果，就很可能是被提前离开的那个人带走了。”蒲天无奈地摇摇头，“要是这样就麻烦了，那个简宁我们查过，他离开黎佑铭的别墅后去了中环的一家私人会所，根据他离开和到达的时间，我们模拟了几条线路，沿途可以丢弃证物的地方数不胜数，所以就算我们找到了死者使用过的酒精棉，证实了凶手的作案手法，但如果不能找到带有凶手指纹的有毒体温计和酒精瓶，就没有办法抓人。”蒲天说着，气恼地将报告摔在桌上，袁子樱和齐云生他们也是面面相觑，无可奈何。

2004 年 1 月 12 日

考虑到黎佑铭和凤凰楼的声誉，再加上警方没能抓到凶手，警方最终没有向社会公开谢曼君的死亡真相。最大的嫌疑人简宁移民澳洲，从此没了消息，这桩无头案也成了未完结的谜。

记忆闪回，袁子樱凝视桌子上的体温计和酒精瓶，心里一阵阵害怕。难道真是同一个手法？咬了咬牙，她拨通了方天越的电话。

大概过了半个小时，一个穿职业套装的女人走进了凤凰楼的医务室，朝明学文和叶医生亮出了证件，“两位，我是西九龙警局高级法医卓晨曦，刚才有位袁子樱小姐报警，说她的下属简亭突然死亡，为了避免不良影响，上面安排我以简亭朋友的身份将她带走，请两位配合一下。”

“没问题。”明学文把卓晨曦带到安置简亭尸体的房间，卓晨曦做了初步检查后，用毛毯盖住简亭，让明学文抱她到地下车库。明学文把简亭的尸体放到车里，把袁子樱留下的东西交给卓晨曦后离开。卓晨曦发动了车子，却没有立刻离开。没多久，袁子樱拎着一个纸袋到了地下室。

“简亭发烧的时候胃口会很差，相信上午应该没有吃过东西，”袁子樱说着把纸袋从车窗外递给晨曦，“这里面是她用过的退烧药、酒精棉花瓶和体温计，不过我怀疑这些东西已经被调换过了，你们若要秘密派人来查今天的垃圾，要快点了。”

晨曦接过纸袋，说：“想不到九年前的别墅凶杀案手法会重现，下面的事交给我们，你别管了。”

“要秘密调查。”袁子樱提醒道。

“放心吧，御皇都那件爆炸案影响太差，上面无论如何不敢再让凤凰楼出丑闻了。”卓晨曦挂下档位，忽然想到了什么，怜惜地说，“其实你的心还在西九龙，当初那个错误，并不需要以辞职为代价，如果有机会的话，还是回来法证部吧，你逃到凤凰楼，还不是一样逃不开命案的纠缠。”卓晨曦说完，踩下油门而去。

袁子樱望着卓晨曦的车绝尘而去，慢慢转身，无奈地笑了。

第三章　职场交锋

2012 年 5 月 28 日　上午

公关部召开爱贝乐团专务会议，各组汇报筹备情况。

“我们营销组已经针对金领阶层、富豪阶层以及外国来宾做了市场调查，主要是对凤凰楼的硬件环境、餐饮水平、服务质量、安全系数和人员素质进行评价，结果非常好，报告我已经整理出来，交给接待组了。”孔喻欣似乎更专注于自己的分内工作，而远离人事的纠纷。

“我们宣传组已经按计划进行前期的宣传了，效果不错，后期的宣传主要走两条线，一是配合接待组，从特派考察开始到最后爱贝乐团选择我们酒店进行表演，做全线跟踪，这样既抬高人气，又可以增加曝光率，无论经济效益还是知名度都会有所提升；同时以展现艺术、崇尚文化、服务社会为主题进行凤凰楼的品牌形象宣传，把聚焦点从爱贝乐团这一个事件，转到凤凰楼服务社会这个大面上，这样我们凤凰楼的形象就节节攀升了。”唐进辉明显是下了功夫，掩饰不住满脸的自信。然而，这份自信很快就被打击了。

“我觉得不妥当，”袁子樱把宣传方案摔到桌上，“爱贝乐团的事必须低调处理，在确定最终的结果之前，绝对不能对外宣传。”

“你不会没有信心吧？”唐进辉有些不快。

“知己知彼，百战百胜，那是站在我们的立场上说的，难道你要把我们的情报白白送给人家吗？特派考察的宣传确实可以抬高人气增加曝光率，但也势必会引起其他竞争者的敌意甚至阻挠，我们又何必自找麻烦呢？你可千万别为了一时之快，一失足成千古恨啊。”

“子樱说得有道理，特派考察的宣传全部拿掉，品牌宣传的桥段不错，现在公众舆论很厉害，一定要利用好！”匡雄伟想得也很周到，“接待计划怎么样？”

“已经跟爱贝乐团联系上了，依尔莎小姐对我们提出的特派考察的建议很感兴趣，已经选定四名乐团代表在一周后来我们凤凰楼考察，相信这次考察是爱贝乐团做出最后选择的关键。”

“有具体安排了吗？”

“考虑到有四名代表，初步决定安排接机车辆两部，安排入住十五层的豪华单间，另外备用豪华套间两间，主要是考虑到西方人有偕家眷出席公务活动的习惯，接待组会专门安排凤凰楼全景英文导游，已经聘请了香港最地道的英国餐馆的行政主厨为考察员烹调美食，安排试菜，已经预订了二十层的 5 号会议室，为考察员做接待方案讲演。具体的会议室接待计划已经做了文本，会送到您的办公室。”

“整个乐团的接待计划是不是也出来了?”

“是的，总共安排一辆轿车，两辆商务车，一辆长客车接机；依尔莎小姐和其他六名领奏人员入住十六层的豪华套间，其他乐团人员入住十七层的豪华单间，客房组派专人定房定人服务；向乐团人员开放三十层的旋转餐厅，二十四小时提供通过考察员考核的英国菜式；演出安排在二十一层的大型展演厅，五间化妆室，五间更衣室全开；预订 8 号会议室招待记者，不排除举行新闻发布会的可能，9 号会议室备用；临聘 TR 旅行社安排香港本土游，接待组派人全程陪同；爱贝乐团在港期间，接待组派专组、其他部门派专员全程陪同，以进行各种应急调度。”袁子樱一口气说完所有的计划，略停顿后补充道，“另外在机场，我希望宣传组可以设一个现场活动的摊位，当然是用来作秀的，但是我想给爱贝乐团营造一种凤凰无处不在的氛围，您觉得可以吗?”

“这个主意不错，但是，用什么主题呢? 总不能又是消防安全吧，那样太刻意了。”匡雄伟有自己的顾虑。

“现在来往的外宾很多，西式的服务风格未必能吸引眼球。我想过了，我们既然是凤凰楼，而凤凰又是中国传统古典风格的高贵象征，我想可以安排一个宫廷御用宴活动，就是客人在我们的酒店里，可以换上古典的服饰，以皇帝、皇后、公主之类的角色出现，我们的服务人员也可以打扮成宫女，然后提供类似满汉全席之类的美食，这样既新鲜刺激，又可以宣传中国的传统文化，这种形式对西方的艺术爱好者会特别有吸引力。况且最近宣传组也在做假日档的活动，与其因为爱贝乐团的事搁置下来，不如同步进行，资源共享，效果应该会更好。”

“这是个好主意，”匡雄伟发自内心地赞赏，转头向唐进辉，“进辉你怎么看？”

“设想不错，但具体操作起来，还有许多细节需要考虑，而且花费也会上去。”

“如果能有好的效果，破费些也是值得的，我已经提供设想了，至于细节，接下来，应该是你们宣传组的事了。”袁子樱看着唐进辉说。

唐进辉看了匡雄伟一眼，知道自己拧不过，就点点头说：“好，我一定不浪费了接待组的精彩设想。”

2012年6月4日　上午

转眼一周过去，爱贝乐团特派考察组乘坐早上9点的航班准时到达香港机场，袁子樱率领两名手下接到了考察员，引领他们穿过机场长廊，并按计划让他们看到了凤凰楼的宫廷御用宴现场宣传活动。打扮成清宫妃子的美女们，奇怪的装饰，华丽的旗装，有趣的花盆底鞋，果然让考察员瞪圆了眼睛，惊叹连连，随同一位考察员前来的五岁女孩竟然用中文喊出了“凤凰”两个字，实在让袁子樱感到惊喜。

袁子樱一边以流利的英语向考察员介绍香港机场，一边通知司机把车开到机场6号出口。然而司机气急败坏的声音却让袁子樱一下皱紧了眉头，“袁小姐，这商务车不知怎么了，竟然发动不了了，怎么办啊?”

袁子樱倒吸一口冷气，精心的布置怎么能毁在一辆破车上呢？袁子樱的脑筋飞转着，她迅速在手下耳边吩咐了几句，然后放慢脚步。

三分钟后，一辆轿车和一辆商务车等在机场6号出口，凤凰楼的标志贴在车身最显眼的位置，火红的凤凰比中午的骄阳还要耀眼。与此同时，唐进辉在电话里冲着在机场做宣传的同事大声嚷嚷：“什么?!接待组把车开走了？那你们怎么办?”

“让公司再派车吧，实在不行就打车，袁小姐是这么说的。”

“她说的？她是接待组的，跟你们什么关系啊!”唐进辉快气死了。

“对不起，唐先生，我们——”

“行了行了，赶紧回来吧。”唐进辉没好气地搁掉电话，袁子樱，你行!

2012年6月5日　上午

爱贝乐团的考察将正式开始，在会议会展中心贵宾休息室的门口，考察员珠莉女士将五岁的女儿带到袁子樱面前，“Sorry，Miss Yuan，my daughter is too young to stay alone，so could you find someone to take care of her?”（对不

起，袁小姐，是否可以找人照顾我的女儿，她还太小，一个人独处我会担心。）

“No problem，we have constructed an Angle Funfair in Entertainment Center，where the professional baby-guard can play with children under 10.”（没问题，我们的娱乐中心里设有天使儿童乐园，那里有专业的幼儿护工可以照顾10岁以下的孩子。）袁子樱娓娓道来，温柔的笑容充满母性的味道。

“Fantastic！But the conference is very soon，I am afraid there is no time for me to take her there.”（太棒了！但是马上开会了，我恐怕没时间带她过去。）

“Just take it easy，I will ask my assistant to help，accompanying your daughter till the conference ends.”（这好办，我让我的助理送她过去，保险起见，我会让她一直陪着你女儿直到我们的会议结束。）看见对方露出满意的微笑，袁子樱立刻微微转身，拉开领口，对着袖珍话筒说：“萧萧，你过来一下。”

几分钟后，孟萧萧过来，带着小女孩离开。早上9点，考察会议正式开始。

会议上，匡雄伟亲自介绍了整个酒店的布局和功能，袁子樱详细介绍了接待计划，明学文则对演出当天的安排，包括演出安排、新闻发布会安排做了图解说明，更利用3D多媒体技术展示模拟效果，让考察员惊艳不已。之后，袁子樱率接待组领考察团实地参观了预备提供给爱贝乐团的客房、展演厅、会议室，以及旋转餐厅。考察团对凤凰楼的安排非常满意，只在细节上做了细微修改，基本上完全认同凤凰楼提供的接待方案。这时，是中午 11 点 30 分，接待组带领考察团到了最后一个考察点：娱乐中心。人工温泉池、赛道游泳池、健身中心、SPA 房、PUB（酒吧）、小型电影院，人性化的设计让考察团的团员更加心花怒放。电梯到了娱乐中心六楼——天使儿童乐园，门打开，五岁女孩开心玩耍的身影落入母亲的眼中，慈祥的笑意立刻爬上母亲的嘴角。然而，女孩身边那个陌生女人灿烂柔媚的笑脸，却让袁子樱浑身冰凉。

那个女人，不是孟萧萧。袁子樱走过去，贴近女人身边，眼睛往她的胸口瞄去。她姓肖。

“袁小姐。”女人很尊敬地点点头。

“My daughter seems very happy，you did a good job.”（我女儿很开心，你们做得很好。）考察员冲袁子樱和那个女人笑笑。

女人刚要说什么，就被袁子樱打断了，“It is our pleasure.”（这是我们该做的。）

“Do I make a mistake? She is not your assistant.”（我是不是看错了？这位小姐不是您的助理。）

“You do not，she is Miss Xiao，baby-guard here. For my assistant had to prepare the lunch for us，I assigned Miss Xiao to take place，I did not tell you before，it is my neglect，sorry.”（您没认错，这位是肖小姐，这

儿的护工。因为我的助理要去准备一会儿的试吃午餐，所以我特意安排了肖小姐替补她，没有及时通知您，是我疏忽了，请原谅。）袁子樱诚恳地说。

“No，no，it is ok，you have done a good job，my daughter is happy，that is the point.”（不不，这没什么，你做得很好，我女儿很开心，这最重要。）

袁子樱松了口气，赶紧安排考察团进休息室。谁知刚要离开，女孩突然拉住那个陌生女人的衣角，“I like you.”（我喜欢你。）

“My god，your staff is so charming. Do you know，I am always taking my daughter with me in the business trip for some special reason，it is the first time I see her so happy，so I guess，could this lady be my daughter’s baby-guard again when we formally perform here one month later?”（天啊，你的员工太有魅力了，你知道吗，因为一些特殊的原因我经常带我女儿出差，这是我第一次看她如此开心，所以，不知这位小姐可否在下次我们来正式演出的时候，依然做我女儿的护工?）

“Sure.”（行啊。）袁子樱一口答应下来，然后认真地看了看这个女人。很快，她收回眼神，“Shall we go for lunch now?”（现在可以去用餐了吗?）

“OK.”考察员跟着袁子樱往旋转餐厅去，留下那个女人站在原地，深深地呼吸着。

午餐很顺利，考察团对凤凰楼提供的英式餐点非常满意，之后便回房间休息。袁子樱则迅速展开调查。

2012年6月5日　下午

孟萧萧再次出现在袁子樱面前的时候，已经快虚脱了。上午到儿童乐园没多久，孟萧萧就开始腹痛腹泻，直到中午12点才渐渐止住。

“没事吧？”袁子樱把考察团安顿好后，立刻赶到医务室，扶住要起身的孟萧萧。

“那个孩子——”

“放心吧，孩子很好，考察员很满意。”

“那午餐——”

“一点问题都没有，你就别操心考察团的事了，先把身体养好。”

“给你添麻烦了吧，我去跟她解释。”

“不用了，我已经解释过了，幸好对方完全不在意，这关我们算是过了。”袁子樱停顿了一下，疑惑地问，“你怎么会突然腹泻的？吃了什么吗？”

“没有啊，就喝了杯水，总不至于喝水喝到拉肚子吧？”

“水是你自己倒的？”

“是儿童乐园的护工倒给我的。”孟萧萧说完，才发现袁子樱脸色凝重，“有什么问题吗？”

“是有问题，不过没查清楚前，我不想下结论，你休息吧，交给我处理。”袁子樱走出医务室，脸色更加沉重，好像遇到了可怕的事物，之前笑容灿烂的脸顿时一片阴霾。

“午餐不是艾可在负责吗，怎么说是萧萧姐在处理?”接待组的童宁不理解。

“难道告诉考察员我的助理临阵脱逃吗？这样人家会对我们不信任的。”袁子樱稍微停顿下，“萧萧不会这样的，我要保护凤凰楼，我也要保护她。”

“萧萧姐今天可能不能开工了。”

“萧萧腹泻的事要保密，就说派她出去公干，自己的员工也闹腹泻，客人会对我们的食物产生疑问的。”

“会不会我们的食物真的有问题？要让餐饮部查一下吗?”

袁子樱转过身对着童宁，“是要查，不过不是查餐饮部，而是查一个人。”

没过一会儿，童宁把人事报告交给袁子樱。

肖雨倪，二十四岁，香港兰亭艺术学院毕业，学的是舞蹈专业，英语是自学的，半年前被招入凤凰楼，在娱乐中心做招待，一个月前，儿童乐园成立，她便申请去儿童乐园做幼儿看护。

“儿童乐园是冷门选择，工作不轻松，投诉又多，薪水不高，跟她原来在的PUB相差很大，她怎么会选择去那儿呢?”童宁皱着眉头，实在想不出个所以然来。

“这个女人不简单，”袁子樱给自己倒杯咖啡，“萧萧腹泻很可能是她干的。”

“这么狠?”童宁吐吐舌头。

“为了出头啊，为了让我用她。”袁子樱写着调人报告，谨慎地说，“这件事到你为止，我会处理。”

2012年6月5日 晚上

下班时间到，袁子樱收拾东西准备回家，明学文敲门进来，在她面前坐下。

“谢谢你。”明学文不像是做戏。

“为了什么?”

“下午你和童宁说的话我听见了，谢谢你这么信任孟萧萧，不管什么原因，她擅离职守，你不但没有追究她的责任，反而替她说谎解释，所以要谢谢你。”

“我不责怪她，是因为我知道责任根本不在她，我替她说谎，是为了保护凤凰楼，换了你你也会这么做的，所以不需要谢我。”

明学文有些尴尬，木讷地点点头，“那我走了。”

“我想我应该谢谢你，”袁子樱反而叫住他，“我很喜欢孟萧萧，我知道她是你一手培养出来的，凤凰楼挖你过来之前，她就一直跟着你。你以让孟萧萧加入凤凰楼为条件，才肯来担任会议会展部的主管，可见你们的感情很好，也说明她确实是个得力助手，这几天跟她工作，我也体会到了这一点。失去她，对你们会议会展部来说，损失不小，我很感激你的这份牺牲，我更感激你能培养这样一个人才，所以谢谢你。”

“那作为报答，你什么时候能把她还给我？”明学文倒有几分玩笑的口吻。

袁子樱认真地说：“爱贝乐团的事情一结束，我就把她完璧归赵。”

2012 年 6 月 6 日　上午

肖雨倪被转到了公关部接待组，成了凤凰楼内部最大的新闻。一早，袁子樱就把肖雨倪请到了办公室，把标注着公关部的职员胸卡递给了她，“你的英文不错，学了多久？”

“两年，”肖雨倪有点得意，“我起步比较晚——”

“但是进步神速，是吗？”袁子樱打断她，看到她略微慌张的眼神，立刻缓和了口气，“这是好事，起步晚不要紧，最怕不肯起步，你是艺术院校毕业的，能有这份心思很难得，看来你已经很清楚地认识到自己所处的社会是个竞争的社会，如果不自我增值，就只能被淘汰。我们公关部接待组跟娱乐中心接待组不同，要的不是客人的一时开心，而是社会的长期满意，这一点，我希望你能够记在心里。我知道 PUB 的工作强调个人魅力，但我们接待组讲究的是整体配合，一个人出色是没有用的，因为客人不是为某个人而来的，而是为了凤凰楼而来的，这一点，我也希望你能记住。”

“我明白。”肖雨倪的声音略显枯燥。

“考察组今天下午就会离开香港，从明天开始，我们就要正式筹备爱贝乐团公演的事宜，你去孟萧萧那里把接待计划原稿和修改建议整理出来，做一份新的计划书，明天早上给我。”

“我一个人吗？”肖雨倪有点受宠若惊。

“所有内容都已经讨论过了，你做的只是整理工作。当然，遇到问题，可以找同事沟通。”

“哦，知道了。”肖雨倪的眼神有些黯然，但还是欣然接受了任务。

2012年6月7日　上午

肖雨倪把计划书交给袁子樱，袁子樱翻看着，翻到第十五页的时候，脸色一沉，把计划书摔回肖雨倪身上，“会议及展演计划那部分呢？”

“不是在这儿吗？”肖雨倪指着小标题，不解地看向袁子樱。

“我要的是修改后的新计划，这是什么？”

“这部分，没有修改意见啊。”肖雨倪怀疑地拿出写满红字的原稿，会议计划的部分干净极了，“你看，根本没有修改过。”

“你不知道我们酒店还有会议会展部的吗？”

“我……知道。”

“那你觉得会议会展部是干什么用的？你怎么可能单纯到认为一份计划书可以一点修改都没有呢？会议计划的修改记录在明学文的手里，他昨天一个下午都在办公室里等你去跟他沟通，你却没有出现。”

“我没想到——”

“你应该想到的，我说过的，遇到问题，找同事沟通，除非你认为，一个修改符号都没有的修改稿也是正常的，否则，我只能认为你把我的话当成了耳旁风。我再问你，这份新计划是不是你一个人整理出来的？”

“是的。”肖雨倪稍微有了点底气。

“我说过，接待组讲究的是整体配合，不是个人能力，即便是我制订的计划，也必须让每个人阅读过，都觉得没有问题，可以提交给更高一级的主管，我才会提交上去。这份修改稿有这么大的漏洞，我不相信你一点怀疑都没有，只是你自认为我给你的修改稿一定是没有问题的，所以你既没有找我询问，也没有跟明学文沟通，而且决定独立完成它，我想你对自己的能力过分自信了。”

“对不起，我下次会注意的。”肖雨倪只好承认错误。

“明学文早上 9 点有个会，你现在去还来得及，中午 12 点前，我要看到完整的新计划。”

“知道了。”肖雨倪走出办公室，空无一人的走廊上，她不再掩饰自己的情绪，她感觉到自己给孟萧萧下药的事已经被察觉了，她必须更加谨慎小心，抓住机会，从袁子樱的势力范围中跳出去。不管袁子樱待她如何，进了接待组，接触的人更多了，只要能表现好，随时可以超越袁子樱，就像利用爱贝乐团的考察员的女儿一样，绕过孟萧萧，走到袁子樱的身边。

第四章　意外连连

2012 年 6 月 21 日　上午

筹备活动紧锣密鼓地进行着，转眼到了爱贝乐团来港的前一天，关天赐召集所有参与接待的人员开筹备会议，让贝一一宣读全程计划。

“明天早上 8 点全部人员必须到各自的岗位报到，二十四小时待命；接待组连同保安部派车于早上 7 点 30 分出发，前往机场，9 点接到客人，10 点 30 分前抵达凤凰楼，安排入住；中午 11 点 30 分安排午餐；午休后下午 3 点到会议会展层熟悉场地，摆放并调试设备，晚上 6 点前必须完成设备调试，由爱贝乐团检查确认；6 点 30 分安排晚宴，其余工作人员 8 点前必须完成全部清洁及布置工作。晚宴后安排客人自由活动，司机和娱乐部随时待命。后天，也就是周六早上 9 点 30 分召开新闻发布会，依尔莎小姐的采访安排在 10 点到 10 点 30 分，11 点必须结束新闻发布，安排午餐，工作人员随同用工作餐。午休后下午 3 点 30 分，爱贝乐团开始准备演出，会议会展层全面启动，化妆及更衣室全部开放；工作人员全部提前一个小时到位，自带点心；晚上 5 点 30 分到 6 点，允许工作人员用餐，每人用餐时间不得超过 5 分钟；6 点爱贝乐团进晚餐，每人一份，由餐饮部负责准备。晚上 7 点，一切准备工作必须就绪，7 点 30 分观众入场，8 点演出正式开始。演出时间是 8 点到 9 点 30 分，其间全部工作人员待命，做好会场管理及安保工作。9 点 30 分演出结束，立刻护送爱贝乐团进后台，安排观众有序退场，避免出现混乱；观众不得在会场内与演员直接接触，以免引起骚动；观众提出要与爱贝乐团签名合影留念的，统一带到 7 号会议室，经爱贝乐团同意后，方可以安排；晚上不安排新闻采访，由宣传组负责控制场面。周日早上 8 点叫醒，8 点 30 分用餐，9 点准时出发，通知 TR 旅行社的人 8 点 30 分必须到凤凰楼等候，游玩当天，具体行程由旅行社负责，接待组、保安部派人全程陪同。周一早上自由活动，中午 10 点 30 分安排用餐，11 点 30 分从凤凰楼出发去机场，搭乘下午 2 点的飞机离开香港。”贝一一说完，扶了扶鼻梁上的眼镜。

“嗯，很好，公关部和会议会展部是重头，部门内的分工都明确了吗?”关天赐看向明学文和匡雄伟。

“基本还是老习惯，就是简亭不在了，她的位置尹萱顶上，尹萱的位置由肖雨倪顶上。”匡雄伟说。

“会议会展部没有人员变动，依旧是孟萧萧负责会场接待，邱易负责后台设备，我负责全场监控。”明学文说。

“这样规格的商业演出在香港虽然很受瞩目，但只面向高端观众，票价向来都定得很高，所以从来没有出现过满票，我们凤凰楼也不例外，但是，我想要打破这个惯例，让会场不留一个空席，明学文，这个任务还是由你去完成。”

“放心吧，这个孟萧萧已经在安排了。”

“嗯，你们记住，过程中遇到解决不了的问题，及时与我联系，记住，手机与无线话筒必须二十四小时开通，彼此间也要及时沟通。我不希望因为任何原因导致接待活动出现失误，尤其是非客观原因造成的失误，明白了吗?”关天赐看大家没有表示异议，双手一举，“好，现在散会。”

2012 年 6 月 22 日　中午

5 应该是个很好的数字，星期五，也应该是个幸运日才对，但袁子樱却像是被什么人诅咒了一般，一睁开眼睛便感觉头昏脑涨，喉咙被烟熏过似的难受。她没有测体温，只给自己冲了一大杯蜂蜜水，然后化了个精致的妆，从首饰盒里拿出一条水滴形的白金项链挂上，高贵的气质与飞扬的神采掩饰了她脆弱的身体。

飞机准时抵达，客人顺利入住，一切都很好，除了袁子樱。她趁午休的时候偷偷进了医务室，打了退烧针，然后靠在沙发上休息。

“我还是建议你回去休息。”叶医生关心地说。

“我可以吗?”袁子樱反问他，“你的针，应该有效的哦?”

叶医生苦笑。他注意到袁子樱左衣领和右衣领上都有对讲线，“你左右开弓啊？”

“是啊，左边这个是单项接收的，只有我和对讲人能够听见，右边这个对全体接待人员开通，用来指挥大集体的。”

“我是外行，只会看病。”叶医生摊摊手，拿了个冰袋给袁子樱敷上。

“那就够了。”袁子樱笑笑，“谁也不是万能的。”

嘀嘀，对讲机响了，袁子樱立刻紧张起来，“萧萧，什么事？”

“依尔莎小姐说她的胸针不见了。”

“什么？!”袁子樱的声音立刻大起来，“你跟她在一起吗？”

“正赶去她的房间，是客房部通知我的。”

“暂时封锁消息，你赶紧去了解情况，做好安抚工作，通知夏铭到监控室，我立刻就到。”袁子樱拿掉额头上的冰袋，匆忙离开。

“我来晚了。”夏铭还是慢了一拍，袁子樱先到了监控室。

“别说了，赶紧调录像。孟萧萧说依尔莎在出发去旋转餐厅前曾经对着镜子整理过衣服，那个时候胸针还在，可是餐后回到房间，胸针就不见了。她是搭乘 6 号观光电梯，在中午 11 点 25 分从十六层直接到达顶层旋转餐厅的，出电梯后直接由接待组带领到达预订的 28 号桌，其间去过一次餐厅卫生间，餐毕后同样搭乘6号电梯回到十六层，然后回房间休息。6号电梯平时关闭，只为贵宾开放，今天只有包括依尔莎在内的六名领奏人员搭乘过，所以不存在其他客人捡到或偷走胸针的可能，除非是工作人员，但我想应该不是。”

“观光电梯也装了监控，不过因为只提供给贵宾使用，所以只有我能看到，”夏铭把图像调出来，“你看，依尔莎去餐厅的时候胸针还在衣服上，但是回来的时候就不见了。”

“这么说是在餐厅丢的，把餐厅的监控录像调出来。”

“是这里，依尔莎进卫生间的时候还戴着胸针，”夏铭将焦点锁定在依尔莎的胸部，然后放大，“但是，出来的时候已经不见了。”

“卫生间里是没有监控的，只有一个个去查了。”袁子樱看看夏铭，“在依尔莎出来后进出过卫生间的人都给我调出来。”

“好。”夏铭的手指在键盘上飞快地跳跃着，鼠标嘀嗒嘀嗒的声音成了监控室的主旋律。

肖雨倪朝依尔莎的房间走去。也许是天意吧，落在卫生间地板上的胸针被她发现了。抬起手按下门铃，机会就在眼前了。

“Good afternoon, Madam, I am sorry to bother you. I thought I just found something you lost in the restroom.”（您好，很抱歉打扰您，我这里有样东西好像是您遗漏在卫生间的。）肖雨倪从口袋里掏出胸针递过去。按她的想法，依尔莎小姐会对她表示感谢，并且询问她的姓名，那么她就可以认真地介绍自己，包括上次照顾考察员孩子的事迹。谁知——

“Oh，Xiao，you are here.”（噢，肖，你在这儿啊。）孟萧萧从客房里间突然走出来，对着依尔莎说，“So did she…”（那么，她是不是已经……）

“Oh，yes，she gave me the brooch，thanks.”依尔莎面对着孟萧萧说了这句话。（哦，是的，她把胸针给我了，谢谢你们。）

“That is fine.”孟萧萧看看表，“Oh，it has been 2 pm，I think it is time for you to have a rest，we are just leaving.”（那就好，哦，已经下午 2 点了，我想您该休息了，我们这就离开。）孟萧萧没有给肖雨倪说话的机会，就拉着她离开了。

肖雨倪像被浇了冷水一样，内心胜利的火焰被彻底熄灭了。她跟着孟萧萧，有点没有方向地走着。直到电梯降落到九楼，她才突然感觉到来自某个角落的冷酷眼神。

“袁小姐。”肖雨倪有些怯弱。

“你跟我来。”袁子樱把肖雨倪带进办公室，“说说吧，怎么回事?”

“什么怎么回事?”肖雨倪还抱着侥幸心理。

“为什么要扣着依尔莎小姐的胸针?”

“我没有扣着，我拿去还给她了。”

“在捡到胸针两个小时后？你的速度真是比蜗牛还慢。”

“一开始我不知道胸针是谁的。”肖雨倪迅速想着托词。

“那就应该交到我这里，或者通过酒店的广播系统寻找失主，无论如何也不应该一个人藏着消息。再说，依尔莎小姐的胸针是她未婚夫送的生日礼物，上面刻有名字的首字母和出生日期，只要到前台一查就可以找到失主，但你却没有这么做，是不会，还是不想？”

“我当时没想这么多，又不想惊动其他客人，所以先把胸针保留起来了。后来认真检查了胸针，发现了英文字母，就猜想可能是依尔莎小姐的胸针，就直接给她送过去了。”肖雨倪小心地解释着，关于孟萧萧，她没敢提一个字。

“我跟你说过的话，不想再重复了，既然胸针找到了，具体的来龙去脉我也不追究了，我不追究，不代表我不知道。”袁子樱突然觉得胃里难受，赶紧喝口水压下去，“下午 3 点要开始会场的最后布置，有三位客人是带孩子来的，你就负责把孩子照顾好，晚餐前我会让孟萧萧去跟你会合，这次，我不想再有意外发生，知道吗？”

“我知道了，这次不会再出错了。”肖雨倪理亏地点点头。

袁子樱摆摆手让肖雨倪出去，然后扶着墙走进卫生间，用手臂支撑着身体趴在洗脸池边上，终于忍不住，把中午勉强吃进去的东西吐了出来。此时，是下午 2 点 20 分。

2012 年 6 月 22 日 下午

现在是 3 点钟，袁子樱陪同爱贝乐团全体成员准时到达会议会展层，明学文已经带领会议会展部的手下恭候多时。具体的会场布置由明学文来指挥，袁子樱终于可以稍微喘口气。她站在靠墙的位置，微微倾斜的身体贴着墙，勉强保持着直立的形象。然而，只要有人在离她三米的范围内出现，她就会立刻站直身体，打起精神，露出热情的微笑，然后在他人转身离去的瞬间，神采暗淡，深深呼吸着，调节心跳的节奏。

下午 5 点 20 分，设备调试提前结束，袁子樱心头的大石放下了一半。送客人回房后，她再也坚持不住，迈入电梯时，几乎没有抬起的脚踩在明学文的脚上，身体一晃，差点摔倒。

“没事吧，走路小心呀。”明学文扶住她，把她拉进电梯，替她关上电梯门。电梯里有八个人，没人发觉袁子樱的异态，明学文始终用左臂托扶着袁子樱的身体，因为靠在角落的位置，所以没人发现这“作弊”的细节。电梯到了九楼，明学文突然说话：“关于明天的演出我还有些地方要跟你说下，你到我办公室来一下吧。”

“好啊。”袁子樱没有拒绝，她也没法拒绝。

电梯继续往上，明学文按掉了十楼，重新按了十二楼。

“我已经去看过了。”袁子樱不再隐瞒自己的病症，烫得厉害又抖得厉害的身体，已经出卖了她。

“你肯定没有听医生的话好好休息。”

“明天就要正式演出了，你让我休息？”袁子樱觉得他是在说笑话。

“如果明天你倒在会场，那才是真的笑话。”

“明天要演出，客人不会活动到太晚，我想今天可以早点睡。”

“我想你今天不要回家了，开间会晤房，早点休息，自由活动的部分让萧萧多留意，能处理就处理，不要惊动你了，处理不了再说。”

“会场布置还没完成呢。”袁子樱总有操不完的心。

“我们会议会展部也做事的，会场布置就交给我，OK？”

“晚餐总要陪吧？”

“你还吃得下吗？”明学文无奈地笑着，“算了，让你去，晚餐结束就让萧萧顶你，会场那边我负责，总之一定不出错就是了，这样总行吧？”

明学文把袁子樱送进医务室，“她只有半个小时，医生，赶紧给她挂瓶水。”

“是二十分钟，”袁子樱纠正，看着一脸没好气的明学文，“我不可能让客人等我的。”

“我有点明白你为什么能坐上今天这个位置了。”

“我的位置并不高。”

“如果说话没有分量的话，坐再高都是虚的。”明学文说，“我想整个凤凰楼里敢反驳你的人也没有几个，最多就是反驳几句，最后还是屈服了。”

“你有屈服吗？”可能因为生病的关系，袁子樱稍微有些情绪化。

“我不一样。”明学文没来由地顶了一句，“把你家钥匙给我。”

“干什么？”

“你不是打算穿着这套衣服主持明天的工作吧？怎么，病得连形象也不要了？”

“我让童宁去就行了。”

“你想要再多点人知道你生病的事呢，我是无所谓的。”

袁子樱猛地回头看他，这人眼睛真毒，不，或许是观察得仔细吧。“晚餐后给你吧，在我办公室里。”

2012 年 6 月 22 日　晚上

晚餐结束后，袁子樱通过对讲机通知接待组全部成员，“晚上的自由活动由孟萧萧全权负责，有事直接向她汇报，童宁负责协助，会场布置由明学文部长总负责，接待组全力配合。”用惯有的语气说完这些话，袁子樱实在是支撑不住，住进了十五层的内部员工会晤房。

听见我说话吗?”

“是，袁小姐。”孟萧萧似乎已经完全进入工作状态了。

“客人那边怎么样?”

“已经安排到了视频会议室，视频全开，茶歇室准备完毕，同声传译人员已经到位，贵宾通道、内部通道、记者通道已经全部打开，9点30分开始没有问题。”

“下面已经有记者到了，高层估计正在通道内，你们随时准备开始，我也到了。”话音刚落，电梯门刷地打开，袁子樱迈出电梯，第一眼就看见明学文站在内部通道口处等待自己。

“你来啦，精神不错，看来不会倒下了。”

“你怎么在这儿，不用看着里面吗?”在工作时间，工作始终排在第一位。

“哎——”明学文拉住她，“已经全部就绪了，怕你会紧张，所以一早就过来安排。你放松一点，别弄得自己这么累。”

“我放松不了。”袁子樱说，似乎还有更多的话要说，却看着明学文的眼睛，没能说出来。

9点30分，新闻发布会准时开始，凤凰楼在这一瞬间彻底成为全香港关注的焦点。此时，在电视屏幕前，有个人，凝神专注，深邃的目光似乎穿透了屏幕，穿透了交错的时光。

2012 年 6 月 23 日　晚上

十二个小时转眼即逝，爱贝乐团的演出轰动了香港，凤凰楼也轰动了香港，这使演出结束后的局面一时难以控制。袁子樱亲自护送演奏人员由贵宾通道前往休息室休息，夏铭带领保安在舞台前维持秩序，明学文负责疏通观众通道，保证观众有序退场，唐进辉专设记者接待室，安顿记者，孟萧萧带领其他接待组成员统筹安排，调动人手，控制大局。

这时，一名观众跑到正在忙碌的童宁面前，“请问 7 号会议室在哪里？我是音乐学院的，和依尔莎小姐一样是拉大提琴的，想请依尔莎小姐给我签个名。”

“没有人引你去吗？在左手边第四间。还有，我们不能确定是不是一定能要到签名，您能暂留片刻，等我们的通知吗？”

“还要等通知吗？不是只要留下来，就可以安排签名合影的吗？”

“你从哪听来的？”童宁觉得这话不对劲。

“你们一个同事说的啊，在通道里的那个，她说可以安排，让我们在 7 号会议室等。”

“天哪！”童宁知道要出事了。

“童宁，听到我说话吗？”明学文的声音传来。

“是我，请说。”

“观众通道这里堵住了，好多观众往回走，说要找依尔莎小姐签名。”

“我这里也有一个，看来有点麻烦，通知袁小姐吧。”

童宁把情况作了汇报，袁子樱顿时气愤地说：“怎么回事？谁说这样的话？简直胡闹！”

“现在怎么办？有四五十个人都要依尔莎小姐签名，通道那边全堵住了。”

“既然是中途往回走，乱说话的人一定在通道内，堵住的观众通道立刻封闭，未进入通道的观众全部从剩下的四条通道离开，告诉往回走的人通道不准逆行，如果需要签名，一律到出口处集合等待安排，还有，你要亲自去。”

“我明白了。”童宁立刻朝1号通道跑去。

袁子樱又通知孟萧萧：“1号通道因为特殊理由需要立刻封闭，你亲自到通道进口处指挥，安排剩下的观众离开。”

“我知道了。”孟萧萧也赶紧行动起来。

终于，签名风波顺利解决，五十多名观众拿到了有依尔莎签名的乐团合影，而袁子樱的脸却阴沉得比包公都黑。

“你知不知道你的擅做主张，差点让观众都堵在通道里！你说的那些不负责任的话，差点让所有同事的努力功亏一篑，你还有什么解释的！”

“之前的筹备会议不是说了吗，如果有观众需要签名，就先集中起来，再做安排，我表达的也是这个意思。”肖雨倪反而振振有词，反正已经被人这样看了，何必还低声下气的。

“你当时站在哪儿?”

“1 号通道 B 段。”

“是 1 号通道最中间的位置，你知不知道观众听了你的话会有什么反应，如果你不知道，你也应该能看到，他们听了你的话就立刻往回走，这样会造成通道堵塞秩序混乱，即便你已经说了第一次来不及收回了，那就不该再说第二次第三次，甚至是无知到说了四五十次。你告诉他们在 7 号会议室等这没有问题，但你也必须告诉他们我们有专门的同事负责引导他们，让他们到出口处询问，如果怕没人接应可以立刻通知我安排出口处的同事做好准备，这样既不会得罪观众，又可以保证通道顺畅，这样简单的事情你都想不明白，你的临场应变能力太低了，你不适合做公关接待。”

肖雨倪心一沉，顿时感觉被人重重地扇了一个嘴巴，内心立刻充满怨恨。

“袁小姐，出事了!”孟萧萧走进来。

“又怎么了?”袁子樱的心一下子又提到了嗓子眼。

“后天回英国的航班取消了，我们要帮爱贝乐团重新订机票。”

“他们周二在英国本土有演出，周一必须回到，还有其他航班吗?”

“在周二之前最晚的航班，在明天下午。”

“那没办法了，立刻跟爱贝乐团解释清楚，马上替他们订机票。”

“好的，我立刻去办。”孟萧萧风风火火地跑出去。

“今天没时间说你的问题了，你回去反省反省，我们有空再谈。哦，对了，明天爱贝乐团的接待，你不用参加了。”袁子樱说完，开始埋头做事，根本不去理会肖雨倪的羞愧和愤怒。

肖雨倪几乎是咬着牙从袁子樱的办公室里出来的，从给孟萧萧下药，到私藏遗失的胸针，从胆战心惊地完成第一份计划，到小心翼翼地服从指挥，骄傲过，冒险过，也谨慎过，顺从过，却似乎仍然无法让袁子樱的阴影消失。当她费尽心机想要表现自己的时候，却被袁子樱轻而易举地扭转局面，而当她准备俯首帖耳获取其好感的时候，又被批驳得如此体无完肤，难道，这就是她冒险接近袁子樱，挤进公关部接待组的结果吗？不，她不甘心。

叮咚，电梯到了，数字 9 的亮灯顿时熄灭。九楼，九楼，我不会离开的。肖雨倪下着这样的决心。

2012 年 6 月 24 日　上午

西九龙警局，邵英杰被方天越叫进了总督察办公室。

“国际刑警组织那边传来消息，他们抓住了一个毒品交易集团的边缘人物，据那个人交代，他们的组织在香港有固定的执事人，这个执事人在香港的一个大企业就职，我怀疑那个企业就是凤凰楼。可惜那个人只在组织的外围活动，知道的不多，唯一能透露的，就是最近他们正在做一笔大买卖，希望这个消息对你们的调查有用。”

“凤凰楼这几天很受瞩目，从高层到员工都很忙碌，所有的注意力都倾注在爱贝乐团的接待上，的确是潜藏的犯罪分子暗中操盘的好时机。方 Sir，我们会抓紧调查的。”

“调查的事让下面的人去做，”方天越慎重地说，“上次你提出来关于外围调查有制约的事，我已经考虑好了，英杰，明天下午 4 点，你要遭遇一场车祸，由医生诊断后，确定不能再参与剧烈运动，后面的事我会安排。”

“明白。”

2012 年 6 月 24 日　下午

机票改签的事很顺利，袁子樱在机场送走了爱贝乐团的客人，终于可以真真正正地喘口气了。

“这下放心了吧?”明学文走到她身边，“虽然出了点意外，可是这个意外却让你提前解放了，算是因祸得福吧。”

“你怎么也在这里?”袁子樱有些诧异。

“我来接个重要人物。”

“啊?”袁子樱本能地紧张起来。

“别紧张，不是酒店的客人，我是以个人名义来接的。”

“哦。”袁子樱也意识到自己有点反应过度，“哦，对了，孟萧萧明天就可以回你那儿了。”

“如果你喜欢的话，也可以留着她，我知道她很喜欢你。”

“你怎么知道的？她跟你说的？你们还真是无话不谈啊。”

“起码现在名义上我还是她的上级，又是她的老师，她把对合作对象的感觉告诉我，这有什么问题？”

“你是真的不知道还是装傻？”袁子樱不吃这一套，“她喜欢你，难道你看不出来吗？”

“哈哈，”明学文的笑声立刻接上，“这真是我今年听过的最好笑的笑话，我还以为你的字典里只有‘工作’这两个字，别的什么都没有呢。”明学文笑得几乎要流眼泪了。

袁子樱一直看着他，用那种不信任的眼神，但最终也没有说出一句反驳的话，“我回去了，你慢慢等人吧。”

明学文似乎还没有笑完，努力地点点头，然后目送她离开。等袁子樱走远，明学文的笑容才收敛起来，眼泪，却真的在眼眶里打转。

回到凤凰楼，袁子樱第一时间就找了肖雨倪。“明天你就可以回娱乐部了。”一句话像石头一样砸过来，砸得肖雨倪很晕。不，比石头更冷，像块冰，又冷又疼。

“回娱乐部？”肖雨倪惊觉自己真的被抛弃了，“我来接待组不到一个月就让我回去？”

“爱贝乐团的接待活动从策划筹备到执行完毕总共也

就是一个月，这点不是很清楚吗？”袁子樱一脸理所当然的样子。

“怎么我不是调来公关部了吗？难道公关部只做这一个 Case 吗？”

“公关部不是，不过你是。”袁子樱摆正身体，一副要谈判的样子，“本来调你过来就是协助处理这个接待活动的，现在活动结束了，对你的借调也就结束了，这不是很明白的事吗？”

“怎么我来这边是借调的吗？”肖雨倪如梦初醒。

“不然你以为呢？怎么你来的时候，你的上司没有跟你交代清楚吗？还是你妄想自己可以留在这里？”

“是你们没有跟我们娱乐部交代清楚吧。”肖雨倪不甘受辱的样子，“我的上司告诉我，我是被调到公关部接待组的，虽然只差一个字，但我想意思是完全不同的。如果仅仅是借调的话，我的上司不会不跟我说清楚的，他甚至暗示我已经有了更好的出路，如果只是借调，他根本不会这么说，分明是你容不下我，要赶我走，所以拿借调当借口，你这样做我不会服的！”

“他暗示你有了更好的出路，于是你就真的以为自己有了更好的出路，是这样吗？”袁子樱站起身，“你说的没错，我是容不下你，但你为什么不想想我为什么容不下你！”

“因为你不想有人超过你！”肖雨倪竟然脱口而出，“也许现在我离你很远，但你心里很清楚，我有比其他人更大的勇气，也有比其他人更多的心机，最重要的是，我还年轻，我是凤凰楼里最有可能超越你取代你的人，所以你要压着我，不让我锋芒太露，其实是你不想让我出头！”

“我没有听错吧？你是凤凰楼里最有能力超越我取代我的人？哼！也许你真的可以在十年后超越我，但如果你都可以做到，那我想有太多人可以做到了。如果我要嫉妒，那个人不会是你。如果我会想着保住我的地位，那天我就该谢谢你，而不是为了孟萧萧去说谎！”

“你觉得孟萧萧比我强？”肖雨倪感觉到她话中的暗示。

“不是我觉得，是所有人都觉得。”

“可你还是让她走了，你为她说谎也只是为了保住接待组的面子，而不是为了她这个人！”

“我让她走是因为我留不住她，我让你走，是因为我不想留你，这点，请你分清楚。”

“这么说，你是觉得我差劲才让我走的。我才来接待组不到一个月，你凭什么对我的能力下判断！每个人都会犯错的，艾可做翻译的时候把菜名都翻译错了，童宁给客人引座的时候还踩了人家的裙子，这些你都装看不见，就只会揪着我的小错误不放，我不过是反应不够敏锐果断，和同事沟通磨合得不够，这不过是因为我来的时间短，经验还不够造成的。我不相信这里每个人第一天来上班就能像已经混了十几年那样游刃有余毫无破绽，你不但不鼓励新同事，还鸡蛋里挑骨头，根本就是存心针对我！”

“我就是存心针对你，这话你说给谁听我也不怕。你说的没错，谁都会犯错误，谁都不是生来就会干活的，能力差不要紧，但是品行差我就绝对不能容忍！你喜欢独立工作我就当你是心高气傲，你不顾全大局我就当你是年轻不懂事，但你背后搞小动作假公济私我就绝不能原谅！你怎么会来接待组，你比谁都清楚，为了自己能够出风头居然伤害无辜的同事，为了在客人面前体现自己的价值，就拿客人的担心焦虑和凤凰楼的名誉去冒险，你这样的人留在凤凰楼里就像一颗定时炸弹，根本就不安全，何况是在如此重要的公关部！”

“你早就知道的，”肖雨倪恼羞成怒地盯着她，“你早就知道是我在搞鬼，你从来没想过要我，你是为了教训我才把我调过来的，从一开始你就想好了，想好了一脚把我踢回娱乐部的结局，还有你那些冠冕堂皇的理由！即使我一个错误都不犯，结果也是一样的，你从没想过给我机会，你从头到尾都是在耍我！”

“如果我要耍你我就不会一次又一次地提醒你！”袁子樱正色道，“我提醒过你，不止一次地提醒过你，不要把你自己放在第一位，因为接待组是为了让客人感觉到尊贵舒适而存在的，不是为了让我们自己炫耀光彩而存在的，可你却屡教不改，一次次把我的话当耳边风！我给过你机会的，是你自己不要的。还有，如果我要耍你，你会比现在更难看。”袁子樱转过头去背对着她，“擦干你的眼泪，回娱乐部去吧，也许那里更适合你。”

门。半个小时后，袁子樱到了黎佑铭的别墅前。真是讽刺，刚记起这里曾经发生过的命案，黎佑铭就召唤自己过来了。袁子樱走进别墅，习惯地走到一幅画像前，认真注视着画中人优美的姿态。

“这酒是从一个法国葡萄酒名庄里弄来的，试试吧。”黎佑铭拿着一瓶红葡萄酒走出来。

“怎么不让司机去接你啊，想偷偷回来视察工作，所以封锁消息？”

“我有私人司机啊。你们有那么重要的客人需要接送，司机班都忙不过来，我哪还好意思去给你们添乱呢。”

“你可是我们的董事长，那些司机争着给你开车还来不及。什么时候到的？”

“下午 3 点到的香港，直接回家哪也没去。”

“下午 3 点？那个时候我在机场啊，怎么不通知我呢？”

“你们接待组总是神出鬼没的，我哪知道你什么时候在哪里出现啊。”黎佑铭似在责怪又似在褒奖，“再说这次回来是有些私人事情要处理，没必要惊动酒店。”

“那你还叫我过来。”

“呵，好像还是我做错了一样，千万保密啊，不能让别人知道了。”黎佑铭摆出一副吓唬人的样子。

“不是已经有其他人知道了吗？”袁子樱似乎洞穿了一些秘密，“你的私人司机，是不是叫明学文啊？”

“你看见他了，在机场，”黎佑铭立刻明白过来，“他何止是我的私人司机，他还是我的私人助理兼保镖。”黎佑铭的口吻竟有几分炫耀的意思。

“其实，你们有什么关系呢？你似乎对他情有独钟，连许多私人的事都交给他去办。”

“任人唯贤，有的时候就是一种缘分把我们拉在一起，其实在很多人面前，我对他表现得并不是那么亲密，反而是你，成了许多人的焦点。我有时在想，是不是不应该把你抛到风口浪尖上去。”

“我早就在风口浪尖上了。”袁子樱低下头。

“你已经做得很好了。”黎佑铭诚恳地说。

袁子樱摇摇头，把目光转向那幅高高悬挂的画像，“比起她，还是不够。”

2012年6月25日　上午

一个莫名而来的消息在凤凰楼的九层炸开了锅。

“听说了吗，匡部长要移民了。”

“真的假的，一点兆头都没有啊。”

“听说有人看见他在准备申请移民的资料。”

“不对不对，是他跟客户应酬喝醉了酒自己说出来的。”

“怪不得连爱贝乐团来港这么大的事情他都放手交给接待组去做，原来他的心早就飞了。”

大家七嘴八舌地议论着，完全注意不到身后已经站了一个人。

“你们很闲吗?”冰冷的声音从后面传来。

“唐先生。”职员们赶紧低头让路。

唐进辉昂首挺胸走向自己的办公室。

“喂，你们说，要是匡部长真的移民了，那公关部部长的位置，会由谁来坐啊?”

“这还用问吗?公关部谁的风头最盛，就由谁做呗。”

“我觉得这一点悬念也没有，匡部长平时爱谁不爱谁，不都明摆着吗?”

“那倒不是，我觉得匡部长对他们三个都挺好的。”

“不管是谁，反正不会是唐先生。”

“为什么?”

“有历史污点!”

“真的啊?”

职员们又开始叽叽喳喳起来。

消息很快传到了袁子樱耳朵里，她不喜欢无谓的猜测，干脆直接去问匡雄伟:“你真的要移民?”

“确实有这个打算，”匡雄伟吃了一颗药，起身拉上百叶窗，“我妻子的父母早就移民了，一直希望我们过去，这你也知道。”

“可你说过舍不得凤凰楼。”

“所以才坚持了这么多年，可能年纪大了，毅力也渐渐消退了，加上凤凰楼有你，我很放心。”

“我说过，我不会离开接待组的。”

“虽然我不明白到底是什么原因让你对接待组这么执着，但是接待组组长只是一个名分，而且只要你不离开公关部，这个接待组还是你的，甚至你可以更好地去管理它，驾驭它，我不明白你为什么总要拒绝。”

“你怎么知道我总在拒绝？”

“如果你不拒绝，我是不会坐在这个位置上的。明学文加入凤凰楼，最直接的原因是补我的缺，而我就补了你的缺。这一点从一开始关先生就非常坦白地告诉我了。其实我也很奇怪，以你的能力还有性格，怎么会拒绝这么一个有吸引力的位置呢？”

“我不觉得它有吸引力，我指的是这个位置，”袁子樱淡如白水的口吻让人感觉到她内心深处的淡薄，“也许你很难相信，但我只想做事，不想做官，权力于我，只是做事的工具，而不是做事的目的。”

“可是多多益善，你不去争取，又何必拒绝呢？”

“会分心的。在接待组我可以专心地只做一件事，兼顾得太多，只会让我力不从心。其实一个人，当他真心要把一件事做到完美的时候，他的心里根本就没有位置再去容下另一件事。就当我‘心胸狭窄’好了，这个位置，我还是不能接受。”

“那我怎么放心走呢？”

“那就别走啊。”

匡雄伟摇摇头，“我没有办法说服你，你也没有办法挽留我。”

袁子樱看着他，清楚地感觉到他去意已决，便不再说什么，退了出来。她穿过走廊，往自己的办公室走去。半道上，突然感觉有谁正与自己擦肩而过。她本能地抬头，却不禁吃了一惊，“肖雨倪，你怎么在这里?”

“有问题吗?”肖雨倪娇媚地笑着，满脸的得意。不，更多的是挑衅。

“你在这儿啊，还没给你介绍新同事呢!”唐进辉居然走过来，“从今天起，肖雨倪就正式在我们宣传组工作了，以后还要靠你多多照顾。”

“我能跟你谈谈吗?”袁子樱认真地对唐进辉说。

“行啊。”唐进辉把袁子樱请进办公室。

“这个人你不能用。”袁子樱开门见山。

“她很聪明啊，我觉得不错。”

“她做的很多事你都不知道。”

“杀人放火，还是抢劫强奸啊?”唐进辉满不在乎的样子，“一个小女孩能犯多大的错误，最多就是玩点办公室政治，想找机会上位。现在的白领谁不是这么干的，如果这样就要炒，那香港的失业率早就高得离谱了。”

“你也是这么干的，是吗?”袁子樱提醒他，“那结果是什么？你是不是也想让她像你这样连晋升的资格都被剥夺了，去不了其他的酒店也去不了其他的部门，就只能待在现在这个位置上一直干到退休！你已经受过教训了，怎么不知道改变呢?”

“如果我不这么做，可能连这个位置也坐不上！我跟你不同，你有老板罩着，我是草根阶级，除了靠自己还能靠谁啊！人家只不过想要一个机会，你都不给。行啊，你不给，我给！现在又不是接待客人，难道连我的人事权力你都要分享吗？”

“你最好是真的想给她一个机会！”袁子樱不想绕圈子，“如果是为了对付我，没必要，也不值得！”袁子樱说完，直接冲出办公室。其实她一直都知道，她是好多人眼里的肉刺，拔不得，留不得。她回到办公室，刚好电话响。“喂！”袁子樱的气还没消，接电话的声音还颇有情绪。

“只是个小女孩而已，生这么大的气不值得。”明学文的声音慢悠悠地传过来。

“为什么你们都认为我是生气呢？”

“如果不是生气，那就是担心了。怎么，怕小妹妹会闯祸啊？”

“萧萧没跟你说她的故事吗？”

“说了，下药的事嘛。”

“那你还这样若无其事的？”

“喂，我是会议会展部的，怎么插手你们的事啊？”

“那就连电话也不要打来了！”袁子樱气呼呼地挂掉电话。稍过几秒钟，电话又响，同一个号码。袁子樱抓起电话，刚想骂人，又咽了回去，“我没事了，做事吧。”

虽然只有简单的几个字，但明学文却笑了，他知道，雨过天晴了。

2012年6月25日　下午

医院里，邵英杰躺在病床上，伪装的车祸让他在最关键的任务来临前有了调养生息的机会。刚才下属们来看他，带给他一个消息，凤凰楼的匡雄伟要移民。下属离开后，邵英杰拨通了总督察的电话，“方Sir，我听说匡雄伟要移民，是真的吗?”

“没错，这是刚刚查到的。”方天越的声音传出来，“国际刑警组织那边也刚来消息，说那帮人最近又做成了一笔大买卖，如果匡雄伟是他们在香港的执事人，他在这个时候离开，很可能是打算洗手不干了。”

“那怎么办，这是个重要的突破口，必须在匡雄伟离开香港前抓住他的尾巴。方Sir，我请求立刻潜伏进凤凰楼调查。”

“不，你潜伏进去的时机还没到。国际刑警组织那边已经安排了一号种子进去，你耐心等一段时间，会有你发挥作用的时候。”

2012年6月25日　晚上

很晚了，袁子樱陪客户吃完饭，想起还有几份没看的材料落在了办公室，就折回了凤凰楼。电梯直上九楼，因为早过了下班时间，办公区里静悄悄的，一个人也没有。袁子樱刷了卡，进到公关部，穿过走廊往自己的办公室里去。正要开门，突然听到里面传来东西掉落在地的声音。袁子樱不经意地往里走了两步，竟然看见有微弱的光透射出来。奇怪，这么晚了，匡部长的办公室怎么还亮着灯？袁子樱继续往里走，光线越来越清晰，一整片从门缝里泄漏出来。

“匡部长？”袁子樱轻呼着，往前走，直到门前，伸手，推开门。

“啊——”一声尖叫，划破凤凰楼午夜中的沉寂。

嘀嘀，邵英杰的手机响了，下属的声音让他彻底醒来，“头儿，匡雄伟死了。”邵英杰立刻有赶去现场的冲动，但是他很快冷静下来，自己现在是卧底前的身份调整阶段，不能出现在凤凰楼，不能。

2012年6月28日　上午

今天是匡雄伟下葬的日子，凤凰楼中层以上的职员都来参加了葬礼。突发心脏病，这个看似再平常不过的解释却让太多人感到意外。谁也没有想到，他离开凤凰楼的计划会以这样的方式实现。痛苦的挣扎，掉落的空药瓶，案头平常的摆设，手机里没有疑点的通话记录，让匡雄伟的死不能说伟大，也至少没有阴影。

“记者那边已经摆平了，因为死因无可疑，社会舆论也已经调转枪头，我们的危机基本解除，现在最要紧的，就是人事变动的结果到底如何，这是现在媒体唯一还在关心的话题。”袁子樱轻声向关天赐汇报危机公关的处理情况。

“这个问题不光是媒体，我们内部也很关注。我知道很多人都盯着这个位置，必须尽快解决，我已经有决定了。”关天赐的眼中露出坚定的目光。

“我想知道——”袁子樱要说什么。

“跟你没有关系。”关天赐明白袁子樱的心意，赶紧让她放心。

然而，关天赐的决定，到底还是影响到了袁子樱。在一个小时后召开的高层会议上，关天赐宣布了决定，平调明学文到公关部任部长一职，其余各人职位不变。虽然袁子樱自己的职位没有变化，但以后就要天天听命于明学文了。

“那会议会展部的部长怎么办？难道由明学文兼任吗?”有人提出疑问。

“我已经物色了一个新的人选加入凤凰楼，任职会议会展部部长，在他到任之前，由明学文暂时兼任。”

“新同事什么时候到?”明学文问。

“下个星期一。”

2012 年 7 月 2 日　上午

周末过得很快，星期一转眼即到。

“萧萧，你的新部长报到没啊?”袁子樱打电话给孟萧萧刺探军情。

“已经在关总那里报到了，一会儿就下来，你要不要过来看看？”

“他是新人，应该他来看我才对。”袁子樱已经习惯跟萧萧像姐妹那样说话了。

“我们的前任部长是不是已经报到了呀？”萧萧指的是明学文。

“不知道，还没见到他。”

正说着，明学文推门进来，顺手递给袁子樱一沓资料，“这份接待计划可以了，你送到会议会展部去让他们做会议计划。”

“我干活了。”袁子樱搁下电话，拿起资料往外走。

“跟谁讲电话？”明学文问。

“跟你舍不得离开的人啊。”袁子樱调侃着。

电梯到十楼，孟萧萧站在门口迎接她。

“还说不来，终于忍不住了吧，想看看新同事是不是听话，会不会对你们接待组服服帖帖的。”

“少胡说，来送资料的。”

“那正好，关总正陪新部长上来，你可以亲自交给他，顺便给他一个下马威。”袁子樱笑笑，不说话。叮咚，电梯到达的声音。“喂，电梯到了，肯定是了。”孟萧萧指向稍微远一点的那部电梯。门开了，关天赐陪着一个男人走出来。“应该是他了，我们要不要上前去啊？”孟萧萧在考

你帮我跟关总解释下吧。”

“是公事吗？”明学文很少见到袁子樱这么急躁。

“随你怎么说都行，”袁子樱迫不及待地绕过他，“拜托了。”

“我知道了。”明学文知道问不出什么了，自己走进电梯，往十楼去。

袁子樱松了口气，赶紧换了另一部电梯，往地下停车库去。

2012年7月2日　晚上

袁子樱开着车，在外面转了一整天，关掉了手机，没人找得到她。等她回到家楼下，发现明学文的车子停在那里，窗户半摇下，淡淡的香烟飘出来，虽然隔着好远的距离，似乎还是能闻到那淡淡的烟草味道。

“什么时候学会抽烟了？”袁子樱下车走过去。

“一直都会。”明学文把烟灭了，“今天你有点奇怪，发生什么事了吗？”

“没有，什么都没有。”袁子樱把头转向另一边。

“明天别再这样了。”明学文突然拿捏起上司的口吻，然后不等袁子樱回答，就开车走了。

他总是满腹疑惑却什么都不深究，这样是好还是不好呢？袁子樱转身进了公寓，看门的韩伯已经在打瞌睡了。电梯坏了，她只好走楼梯。楼道很黑，黑得几乎看不清阶梯的轮廓，旁边的墙壁似乎离自己很近，又很远，不知哪里吹来的风，竟然吹起了如箫一般的声音。袁子樱走上顶楼天台，厚厚的云层遮住了点点繁星，黑压压的天空让人感到有些害怕，幸好略带秋意的风时时抚摩自己的身体，让头脑更加清醒。

袁子樱走到天台边缘围栏的位置，有人在那里等她，该死的预感，竟然成真了。“你跑来我们公司干什么？”袁子樱的声音竟然有些颤抖，不是激动的那种。

“是你们关天赐总裁请我来的。”

“他请的是雷曼酒店会议会展部主任方世遥。”

“我就是方世遥。”

“你别跟我来这套，我知道你不是。”袁子樱走近一步，“蒲天，你告诉我，你来凤凰楼的目的到底是什么？”

“每个人都有秘密，何必刨根问底呢。”蒲天拿出打火机，翻着盖子，啪嗒啪嗒，偶有火星闪动，“总之，与你无关。”

袁子樱的脸色稍微柔和了些，“那跟凤凰楼呢？”

“你是不是知道什么？”蒲天敏感地看向她。

“我知道只要有你的地方就会有灾难，有厄运，我不希望你的出现让凤凰楼蒙受任何的损失。”

“我是来拯救凤凰楼的，”蒲天竟然说了这样一句话，“让我意外的是，明学文也在，你、我，加上他，就好像回到了当年。”蒲天饶有意味地看了袁子樱一眼，“我们不强制让你离开凤凰楼，但你最好当作什么都不知道。当然，我也会当作什么都不知道。”

“你……”袁子樱欲言又止，好像很痛苦无奈的样子，换了一种口气，“但愿你能遵守诺言。”

蒲天笑了，显然这就是他想要的结果。

回到家后，袁子樱彻夜难眠，蒲天的出现让曾经的记忆如潮水般涌来。九年前，拥有化学和管理两个硕士学位的袁子樱选择加入香港警队，成了西九龙警局法证部最年轻的化验员，并与从加拿大来香港做鉴证技术顾问的齐云生相恋。原本他们打算等交流期结束，两人就一起回加拿大，结果在一次案件调查的过程中，齐云生中枪身亡，袁子樱悲痛不已，将齐云生的死归咎于蒲天的保护不利，更在一起命案的鉴证过程中出现严重错误，最终离开警局。半年后，袁子樱进入凤凰楼，一次偶然的机会，她遇见了与齐云生长相酷似的明学文。明学文那天像是在等人，等了很久，直到接了一个电话后，埋单准备离开。袁子樱在这个时候走了过去，故事就这样开始了。袁子樱说不清自己是否爱他，但他确实能让她沉浸在某种情绪中，忘记忧愁。直到三个月后，袁子樱发现自己怀孕了，才从混沌的快乐中惊醒。她向明学文提出分手，独自回家的途中遇上了蒲天，一顿莫名的发泄后，袁子樱流产了。原以为一切会到此结束，然而若干年后，明学文和袁子樱在凤凰楼里再次不期而遇。这时明学文的身份，是带着女助理跳槽的会议会展部部长，关天赐亲自甄选的爱将，袁子樱不禁唏嘘。如果说四年前的相遇是上天的捉弄，那么这次的再相见，便是自寻的烦恼，因为建议将犯了小错误的原任公关部部长辞退再聘的人，正是她袁子樱自己。那一刻，她真想时光能够倒流，那样她就会宽容地对待那个不至于伤害自己的错误，或者，如果时光真能倒流，她在七年前就不会与他纠缠。时至今日，袁子樱依旧记得他们重遇时的点滴……

2009 年 4 月 20 日　下午

“很久不见。”明学文在狭长的走廊里遇到躲了他一天的袁子樱，躲，一时而已，凤凰楼能有多大，早晚要碰面的，只不过没想到这么快，而且是在这么安静的氛围中，连一丝的尴尬都掩饰不了。

“我没想过会再见。不，我们是从未见过，今天，在这里，是我们第一次见面。”袁子樱似乎在交代一个剧本的故事背景，然后直接将故事的情节表演出来，那就是干脆而不带一丝犹豫地离开男主角，朝走廊的另一头走去。那种陌路人的感觉，在狭长的通道中弥漫开来。

头很痛，这些片段就像有锯齿的录像带，在脑海中转过，留下血肉模糊的伤痕。更让她痛楚的是，明学文没有离开，蒲天亦已回来。

2012 年 7 月 10 日　上午

蒲天在凤凰楼上了几天班，周围同事对他的印象都很好，袁子樱也遵守着他们在天台的约定，彼此相安无事。转眼凤凰楼的周年庆将至，公关部和会议会展部的沟通一下子频繁和集中起来。繁忙之中，袁子樱虽然努力观察，却仍然没有洞悉蒲天来凤凰楼的真正原因。周年庆活动结束的第二天早晨，因为没有睡好，袁子樱一到办公室就给自己泡了杯浓浓的咖啡。这时敲门声响起，明学文走进来，在袁子樱面前坐下，表情严肃。

“出什么事了吗?”袁子樱觉得他的表情里隐藏着故事。

“那个新来的会议会展部部长，”明学文的话让袁子樱一下提起注意，“好像没怎么听到你评价他。”

“我，评价他？你什么意思?”

“每次有新人来，你都会来跟我抱怨，说他不会做事，有这样那样的缺点，怎么这次这么安静?”

“难道人家做得专业，我也要鸡蛋里面挑骨头吗?”袁子樱低头看文件。

“专业能力不错，毕竟是在英国受的教育，但跟他合作了几次，觉得他好像没什么经验，很多想法跟我们正在做的事都格格不入，很有激情，很完美化，但不是我们凤凰楼目前的水平可以做到的。你跟他沟通了这么多次，没有感觉吗?”

“会不会是你的感觉错了?”袁子樱敏感地回应他的质疑，“你跟他的沟通，也只是主题、理念、模式的沟通，当然是越完美越好，难道从一开始就要放低要求吗？更完美的计划我都做过，我想在这一点上我比他还苛刻。何况具体的执行方案都是我跟他在沟通，我不觉得在实际操作中他还是顽固地抱着他的理想不放，而且你也看见了，每一个Case最后的效果都很好，那你还要求他什么？和谐统一的想法固然很好，但如果结果是一个毫无新意平淡无奇的接待，那和谐又有什么意义？相反，虽然每天都有争执，每次都需要重新磨合，但结果却是一个亮点一次成功，那难道还会不值得吗？每个人做事的方法都不同，难道会议会展部一定要按你的思维来工作吗？你已经在公关部当家了，何必还霸着会议会展部不放呢？人家没有说你什么，你却在这里提意见，会不会是你有问题呢？”也许是话太长，说到最后，竟然有些急促。

“你从来没有这么急躁过，”明学文慢悠悠地抬眼看她，“也从来没有这么宽容过。”

袁子樱有些心虚，意识到自己真是反应过度了，却也只能将错就错下去，“你有资格跟我说宽容吗？你老让我别把手伸到别人的领域去，怎么今天自己也犯忌了呢？”

明学文明显地愣了一下，随即蹙了下眉头，慢慢起身离开。袁子樱双手托住额头的两边，心好像被千斤重的铁锤砸了又砸，疼得几乎碎掉。该死的蒲天，都是为了掩护他，自己才愚蠢地在明学文面前旧事重提。她埋头许久，深吸一口气，开始一天的工作。

2012年7月10日　晚上

今天的事比较多，袁子樱走出办公室的时候已经是晚上9点，走进地下停车场，她才想起车子送去保养了，正准备掏出手机叫司机来接，一辆银色的车在她面前停下，

第八章　层层渗透

2012年7月13日　中午

孟萧萧请病假了。袁子樱到她家的时候，她正给自己煮粥，穿着蓝色的睡衣，有些憔悴，却依然在微笑。

“我又不是客人，笑这么漂亮给谁看。”袁子樱嗔怪她，一边帮她把粥盛出来。

孟萧萧接过碗，“明先生肯定又夸张了，其实昨天晚上就退烧了，今天就是有点虚弱，又怕休息不好会复发，所以干脆再偷懒一天。”

“是方世遥告诉我你生病的。”袁子樱直直地看着孟萧萧。孟萧萧躲开她的目光，面颊上泛起淡淡的红晕。袁子樱暗自浅浅一笑，“有个问题我问出来，你不要多心，其实你跟明学文，到底是什么关系呢?”

孟萧萧有些尴尬，但还是抬起头来看着袁子樱，“你相信吗，我曾经拒绝过他。”

袁子樱瞪大眼睛，“你，拒绝过他?”

“七年前的事了，”孟萧萧开始诉说过去，“我在街上捡到了醉酒的他，送他去了医院，就这么认识了。我看到了他身份证上的名字，明学文，酒店行业没有人不知道他，那个时候，我刚刚入行，自然不会放过这样的机会。接他出院的时候，他提出要做我的男朋友，我很惊讶，但没有答应。”

“为什么？你并非无心。”袁子樱不解。

“因为我不喜欢做避风港。”孟萧萧坦然地说，“我可以清楚地感觉到，他有爱的人，可能因为失去了，或者得不到，才想找一个避风港湾。”

袁子樱的手猛缩了一下，立刻相互握住，继续问：“后来你们就在一起工作了？”

“我去他在的酒店应聘，就这样。”孟萧萧说得简单。

“你们不觉得尴尬吗？”

“有过什么才会觉得尴尬。”孟萧萧认真地说，“也许一般同事间的距离是二十米，我跟他的距离却只有十米。其中五米，是因为我知道他的过去，那是别人的感情，另外五米，是我们在工作中彼此帮助共同努力，逐渐积累起来的默契，这才是属于我的东西。”

“你知道他的过去？你知道多少？”袁子樱压抑着内心的局促。

“没有多少，大约就是一个在爱情中迷失的女人，俘获了他的心，又后悔了。”

袁子樱的心跳得更快了，“他没说，是个什么样的女人吗？”说这话的时候，袁子樱都能感觉到自己的声音在颤抖。

孟萧萧摇摇头，“这恐怕是他一辈子的秘密了，我永远也不会问的。”

“我开始明白为什么他要带着你一起跳槽了，”袁子樱了解到自己还是安全的，赶紧转移话题，“好了，不说他了，你只有一天的假期，赶紧休息吧。”

袁子樱匆忙逃离，坐进车里后，她把头枕在椅背上，心累得可以睡过去。老天，你可真会捉弄人……疲倦中，她没有看到，孟萧萧掀起了窗帘。

凤凰楼又发生事故了。一群记者蜂拥而至，说要找炸弹。

“什么！炸弹?！到底怎么回事?”袁子樱正在回酒店的路上，接到电话不禁冒了一身冷汗。

“我也不知道。唐先生那边刚接到消息，说许多媒体都接到了匿名传真，说我们酒店的十层被人偷放了一颗定时炸弹，准备在今天下午 4 点钟引爆!”童宁急促不安的声音从电话那头飘过来，“我们头儿已经见记者去了，现在十楼都乱成一锅粥了。”

“神经！存心要引爆还会闹得尽人皆知吗? 我马上回来，你们听明先生指挥。”袁子樱看看车上的时间显示，已经是下午 3 点 30 分了。她立刻打电话给蒲天，“你可真是个灾星啊，这种事发生在你们部门可真是笑话了!”

“现在不是开玩笑的时候，你要讽刺我的话，等危机解除后也不迟。”蒲天的声音还是很冷静，给人胸有成竹，淡定自若的感觉。

“炸弹找到了吗？”

“还没有找到，不排除有人恶作剧的可能，应该……”蒲天略顿了顿，“和御皇都的爆炸案没有直接联系。”

“这算是专业判断吗？”

“已经调看了近期的监视录像，没有发现可疑。其实我们行政楼层的安保系统很完善，外面人进到里面的概率几乎是零，除非采用特工级别的电子解密工具，可是这种工具，连我都弄不到。”

“如果存心要炸掉凤凰楼，就不会发匿名传真了，我也觉得恶作剧的可能性比较大，但为了安抚客人，必须进行地毯式的搜索，而且安全疏散所有人。”

“这个保安部已经在做了，我很想给专业意见，但是不方便出手。”蒲天带着坏笑的口吻说。

“你的意见可以告诉我。”

“通常这种类型的恶作剧，不是想自己出风头，就是想毁了凤凰楼。从匿名传真来看，后者的可能性更高。但如果是这个动机，那么炸弹是真是假，就很难说了。”

“如果炸弹要爆炸，我们是控制不了的，我们的重心，还是得放在记者那边。我说的我们，是指凤凰楼，而不是你这个警察，你要是有本事，就赶紧安排人把炸弹处理掉，如果真有的话。”

“看来你还是觉得这是场恶作剧，不过我赞成你的想法，唐进辉支持不了多久了，你快点回来吧。”

袁子樱回到凤凰楼，看到周围站满了围观的人，酒店里陆陆续续还有客人被疏散出来，保安人员在酒店门口拉了警告栏，警察已经到了，记者也被集体请了进去，童宁站在门口等她。“现在情况怎么样?”袁子樱从警告栏上越过去。

“局面基本控制住了，可是炸弹还没有找到，最麻烦的是记者，对酒店的安全问题提出质疑，很多客人都要求退房，社会影响很不好。”

“一律满足客人的退房要求，即使有客人提出要我们赔偿精神损失也不要立刻拒绝，现在面对客人我们是被动的，只有面对警察我们才是主动的，作为受害者，我们立刻要求警方调查真相，保证凤凰楼和楼中所有人的安全，一定要把炸弹新闻的注意力转移到警察身上，能转多少是多少，还有，把替我们做电子保安系统的公司负责人找来，既然是酒店安全出了问题，就不能只让我们凤凰楼一家担着。但是记住，我们只能向记者提供社会关系，不做责任判断，到时自然会有人替我们说话的。”

“明白了，我立刻去办。”童宁赶紧行动起来。

袁子樱走进电梯，到三楼，蒲天在电梯口等她。

“你来晚了，记者采访都快结束了。”蒲天的神色倒挺轻松。

“你不是说他撑不住了吗?”

“唐进辉是撑不住了，不过后来明学文亲自出马，已经压住场了。加上警方已经基本证实炸弹事件是个恶作剧，起码凤凰楼的安全问题已经解决了，所以记者的态度也宽容了许多。”蒲天说着，推开会议室后门，请袁子樱进去。

明学文还在滔滔不绝，记者们听得认真，闪光灯此起彼伏。

“他很聪明，强调凤凰楼的受害人身份，想用舆论同情来消化舆论责备，而且现在已经……”蒲天看看手表，“已经过了 4 点，炸弹还没有爆炸，说明凤凰楼的安全系统并没有出现铁证性质的漏洞，可他依然把 GSG 保安公司介绍给了各位记者，这就是在打预防针，变相转移责任，如果以后凤凰楼真的遭遇安全危机，那么就有人出来顶包了。”蒲天说着，突然注意到袁子樱正用尖刻的眼神盯着他，才意识到自己多嘴了，“对不起，我差点忘了，这是你的专业。”

“你懂的东西很多，难怪死撑到现在，也没被人发现。”袁子樱还是冷冰冰的，“事情还没结束，我们还有很多事要做，炸弹事件只要不查清楚真相，早晚会爆炸的。”袁子樱突然想到什么，看看蒲天，“话说回来，是不是轮到你为凤凰楼作点贡献了？”

“我已经吩咐下去了，真相应该离我们不远了。”蒲天神秘地说，连眼神也变得神秘莫测。

2012 年 7 月 13 日　晚上

夜深了，蒲天站在二十五层高楼公寓的窗户边，俯视纵横交错的大路大桥，心也如同野马般狂乱奔腾。他在等电话，电话却迟迟不来。到凤凰楼才不过两周时间，按道理，不应该这么心急。但不知为什么，他想早点结束任务，早点让别人的生活，回归平静。

大约过了一刻钟，电话来了，方天越的声音传出来，“怎么样，蒲天，潜伏顺利吗?”

“目前情况还不错，袁子樱也很配合。”

“那就好。鉴于袁子樱在凤凰楼的特殊地位，我们重新查了她的背景，原来她一出生就被送到了孤儿院，而凤凰楼的董事长黎佑铭就是她的资助人，中学毕业后，袁子樱出国深造的全部费用都是由黎佑铭支付的，一直到她回国为止。”

“怪不得她对凤凰楼那么有感情，”蒲天说到这里略顿了顿，“方 Sir，那些匿名信会不会是袁子樱写的?”

“不能排除这个可能，如果是这样，对你的调查是有利的，至于如何证实这一点，以及如何拉拢袁子樱为你所用，就要靠你随机应变了。”

2012 年 7 月 19 日　晚上

炸弹事件很快便水落石出，不过是一个被解雇的会议会展部员工心存愤恨，故意乱发传真，企图损坏凤凰楼的声誉。这种简陋粗鄙的伎俩，一天不到便被戳穿了。凤凰楼虚惊一场后，赶紧采取第二步恢复名誉的举动，重申事件的偶然性，然后表示会完善员工福利制度，即使有因犯错误而被解雇的员工，也会做好安抚工作，谨防此类事件再次发生。总而言之，炸弹事件不过是让凤凰楼“更上一层楼”了，真是塞翁失马，焉知非福。然而，某些人却因为这小小的祸事而打起了主意。

“我想凤凰楼应该成立自己的危机公关小组。”袁子樱坐在关天赐的面前，向他提出自己的建议。此时是晚上 9 点，两人在一处比较安静的花园式酒吧聊天。

“说下去。”关天赐觉得这是个有意思的事情。

“虽然这次的炸弹事件是虚惊一场，但是却告诉我们，危机公关是一个企业，尤其是一个面对社会的服务性企业不可缺少的机要环节。你想，这次的炸弹没有爆炸，那么下次呢？这次是匿名传真，下次会是什么？万一发生食物中毒了怎么办？万一发生凶杀案了怎么办？意外是防不胜防的，我们是不是应该早做准备呢？”

“你说的很有道理，其实这次幸亏明学文判断准确处理得当，才在真相被查明前将损失控制在最小的范围，我们的公关部向来受到外界的赞誉，如果在危机公关上也能够做到专业到位，那么对凤凰楼来说，百利而无一害啊。”

“不，危机公关不是靠公关部就能解决的问题，”袁子樱提出不同见解，“因为意外事故很少是纯粹的社会关系事故，它更可能是物质性的伤害，比如事物问题，安全问题，装修污染问题，用品故障问题，等等，在源头上，直接与客房部、餐饮部、保安部等多个部门发生关系，所以一个危机公关小组，必须要有多部门的要人参加，才能使信息流畅，指令通行。”

“嗯，很有道理，不过不像是你说的话，”关天赐用奇怪的眼神看着她，“在我的印象里，你可是出了名的独裁分子啊，每次执行任务，你跟各部门的关系，那也是上下分明，职务不高，权力很大，怎么今天也平易近人起来了？”

“我平时对那些前辈可是很尊重的，可是接待工作的性质如此，我不专断独行，怎么掌握局面啊？”

“是工作性质，也是你的个人风格。”关天赐有一点夸奖的意味，“说说，具体怎么想的？”

“危机不是一直在那儿等着我们的，所以考虑到资源不被浪费，危机公关小组可以定性为机动小组，平时组员都各归各位，危机出现时，就集中行动。”

“人员配备上呢？”

“公关部的部长和组长必须全部参加，宣传组和接待组在处理危机的问题上本来就应当应分，原则上每个人都要参加，然后除负责人之外，必须指定一名具有执行决策力的组员做第二负责人；会议会展部与公关部向来是同步行动的，部长与组长必须参加；保安部也至关重要，人员配备要求和会议会展部看齐；至于其他各部门，由部长指定两名成员参加。”

“嗯，考虑得很周到，每个部门都有两个以上的人员参加，这样出现危机时，就不容易出现部门不到位的情况，虽然现在只是个大概的构想，但我想不出三天，你应该就会有具体的方案出来，我等你的方案，这个想法，我基本没有意见。”

“基本没有意见？”袁子樱笑笑，“这么说，还是有问题？”

“问题就是，这个危机公关小组要由谁来领导。”

“当然是关总您啦。”

“我总不能什么事都亲力亲为吧？”关天赐笑着，“总得有个，第二负责人吧。”

“那关总的意思是——”

“你。”

袁子樱眼前一亮。

从酒吧出来，袁子樱送走关天赐，竟然重新回到刚才的位置，已经有人在那里等她了。

“我已经照你的意思跟他说了。”袁子樱坐下，很疲倦的样子。

“很好。”

“你到底要搞什么，蒲 Sir？”袁子樱不愿意做些完全不知道目的的事情。

“嘘——叫我方世遥。”蒲天装出一副紧张的样子。

“这里又没有别人！你要是怕，还跑出来干什么？我真想关总现在杀回来，看看你的间谍样子！”

“喂，凤凰楼被人放炸弹的时候你也很紧张的，危机公关小组的成立是完全合情合理的，这点你必须承认。”

蒲天得意洋洋地说。

袁子樱敲敲桌子，“可你连哪些人必须参加都计划好了，这也很正常吗?”

“我是减轻你的工作压力，这件事早晚会派到你头上，早想晚想还不都一样。”

“既然这么好，替我把组长的位置也扛去了吧。”

“喂，让你当组长可是关总的意思，我只是说，如果他提出来，你千万别拒绝，我没让你主动争取啊。”

“废话！你早知道他会提出来的!”

“对啊，连你都这么说，可见这是天意，不是我故意安排的。”

“可是你如果不提，根本不会有这个小组的存在。”

“其实对你来说还不都一样，一个名义而已，事情还不都是一样在做，难道危机来了，你会撒手不管?”

“对我来说是没有什么区别，但是你为什么要费尽心思搞这么多事，这跟你没有关系，而且你有想法又不自己去说，要我去跟关总说，还装着是我的想法，这里面肯定有问题!”

“我来的第一天你就知道是有问题的了，”蒲天一下严肃起来，“那现在，又何必刨根问底呢?”

袁子樱听到这话，也一下认真起来，“我警告你，别害了凤凰楼。”

蒲天笑了，在笑什么，没人知道。

第九章　罪案丛生

2012年7月23日　中午

袁子樱后悔了，原来危机公关小组的成立不是一个短暂合作的完结，而是一次长久合作的开始。

“什么，危机公关培训?”袁子樱觉得被人套住了，“蒲Sir，你到底要搞多少花样出来才算完啊?”

“喂，警队成立谈判小组也要做特训的，危机公关是很专业的行为，由凤凰楼出面请专家来进行培训，是完全合情合理的。”

“既然合情合理，你自己去跟关总说吧。”

“成立危机公关小组的建议是你提出来的，突然中场换人，关总会怀疑的。”

“那不是更好?你本来就值得怀疑。”

“就算我的身份穿帮，也不会有多大的轰动效应，毕竟我在凤凰楼里还是个生面孔，可要是凤凰楼里的焦点人物身上爆出了什么料——”

“你不用说，我知道!”袁子樱迅速地打断他，内心对他这种变相勒索深恶痛绝。

“嘘——”蒲天看看周围，“你的声音太大了，好多人都在看你。”

袁子樱紧张地看看周围，知道自己被他吓唬了，“我可以再帮你一次，不过是最后一次。”

“我也希望是最后一次，”蒲天诚恳地说，“这不是一个好玩的游戏，困在里面的人都很危险，我比你更想让这个游戏早点结束，但是决定权不在我的手里。”

“那你找我又有什么用？我连你到底在做什么都不知道！”

“你最好不要知道，而且最好连问也不要问，反正问了我也不会告诉你。不要去做任何猜想、推测，不要试图在我身上寻找任何蛛丝马迹，更不要把你的怀疑、害怕和焦虑都表现在你的脸上。你不是很会演戏吗？现在是你大展拳脚的时候了。”

“我没有那么好的演技。怎么你以为一个人可以做自己完全没有概念的事而且做到完美吗？”

“我认为你可以。”蒲天厚颜无耻地给她戴高帽。

“谢谢你看得起我，但我很负责任地告诉你，这样下去早晚会露出破绽的。”

“放心好了，我只会让你做一些符合你身份和性格的事情，就像组建危机公关小组一样，关总对你没有丝毫的怀疑，因为那就是你该做的事，只不过因为我的存在，而让你以为那是我强加在你身上的意志罢了。”蒲天好像在论述某种哲学，“其实要不露破绽很容易，就是别看得那么清楚，也别分什么你我，你还是你，我也是你，懂吗?”

“就是今天你让我自杀，我也得当成是我自己要自杀，你没有让我做任何事，所有的事，都是我自己想出来的，都是我自己要做的，是这个意思吗?”

“你还是那么聪明，”蒲天放心地点点头，“我就是这个意思。”

哗的一声，一杯水直泼在蒲天的脸上。“我也希望这是最后一次，”袁子樱晃着手里的杯子，“但是决定权，也同样不在我的手里!”

蒲天擦掉脸上的水，他心里明白，这不可能是最后一次。

2012年7月23日　晚上

夜深了，蒲天躺在摇椅上，心里数着几个要紧的人：凤凰楼现任总裁关天赐、公关部部长明学文、公关部营销组组长孔喻欣、保安部部长夏铭、会议会展部A组组长孟萧萧。这几个人都到齐了，那么，会是谁呢?

这真是个混乱的任务，他也不知道自己的调查目标到底是谁，可能是他们中的一个，或者几个，抑或全部。至于袁子樱，应该是与此无关的吧。在凤凰楼七年，从来没有改变过所处的位置，这样一个七年一成不变的角色，与三年前突然出现的匿名信应该是挂不上钩的吧，何况她也曾是个警察，不至于因为感情受挫就弃明投暗了吧。蒲天这样说服自己。他对袁子樱的印象，远不是现在所看到的样子，现在的袁子樱，让他完全把握不到，除了那个可以用来勒索她的秘密，他对她，一无所知。蒲天烦躁地转个身，他习惯在摇椅上闭上眼睛，那种晕晕的感觉，可以将他催眠。

这时，方天越的电话来了，内容却让蒲天大吃一惊。“这周日会有个国际刑警组织的特派员到香港公干，住在凤凰楼，本来这与你的任务没有关系，局里会有其他的同事接应，但是，因为这个人的身份特殊，所以需要你帮助。”

蒲天皱了皱眉头，“我不是很明白。”

方天越迟疑了一下，“他们派来的人，是齐云生。”

蒲天的脑子嗡的一下，他从没想过那个七年前已经在袁子樱面前“死去”的人，竟然会如此近距离地出现。顷刻间，埋藏的回忆翻涌上来。九年前，齐云生从加拿大来到香港，以交换学者的身份成为技术顾问，并兼任法政部的技术指导，他也从那个时候起开始与袁子樱恋爱。后来，齐云生被国际刑警组织选中做技术间谍，那是个九死一生的任务，为了袁子樱的安全，也为了顺利改变身份，齐云生假装在一次侦破过程中牺牲，蒲天被安排以警察和证人的双重身份证实了齐云生的死亡，也是唯一知道假死计划的人。之后，袁子樱离开了警局，齐云生秘密返回加拿大，从此没了音信。蒲天也从未想过，这个已经结束的故事还有未完的结局。蒲天慌乱了，尽管当初那个善良的谎言从来就不曾被他从心底真正地抹掉过，但他也从未想过这个已经定时为无期的炸弹会有重新计数的一天。难道真的是命中注定要掀开遮盖那个谎言的幕布吗？

“蒲天，”方天越郑重地说，“如果让袁子樱发现这个秘密，影响齐云生的行动不说，更可能会影响到你的调查。齐云生在香港只留一天，活动范围只限于凤凰楼，你要做的，就是控制好袁子樱的行踪，不能让她看到齐云生。”

“我明白了。”蒲天挂掉电话，方天越的想法与他不谋而合。他翻开记事簿，周日，石油大王陆百川的银婚纪念宴会就设在凤凰楼，糟糕，这样重要的场合，袁子樱必定要出现的，蒲天皱起眉头，这时他注意到，这周六袁子樱要去上海参加一个酒会，定的是晚上 10 点的飞机回港。如果，如果能让袁子樱赶不回来……蒲天的大脑飞快地运转起来，到底什么事能让袁子樱滞留上海一天一夜呢？蒲天双手握在一起，顶住额头，冥思苦想。也许是同一个姿势摆得有些麻痹了，他开始轻轻点头，拱起的指关节敲在眉宇之间，留下不易察觉的印痕。渐渐地，蒲天眯起眼睛，深邃的目光中隐藏着诡计的颜色。

2012 年 7 月 28 日　晚上

又是一个星期六，袁子樱飞去了上海，蒲天和明学文带着两个部门的人继续筹备陆百川的银婚纪念宴会。

“听说这个陆百川是白手起家，很了不起呢。”童宁钦佩地说，一边用激光笔在屋顶指出悬挂千纸鹤的位置。

“人家都银婚纪念了，你再倾慕也来不及了。”孟萧萧边说边摆放桌牌和礼品。

“再敢胡说!”童宁用激光笔扫了孟萧萧一下。萧萧猛地一缩身体，嗔怪地看着童宁笑。

会场布置结束的时候已经是晚上 10 点，明学文请大家消夜，蒲天摆摆手拒绝了，一个人回办公室里吃泡面，搁起的二郎腿轻轻抖动，似乎是在刻意放松心情，那一下一下的颤抖却隐隐透露出内心的焦虑。手机响了，蒲天嘴里的泡面还没咽下就急着接起了电话，“喂，怎么样?”

“刚刚扣起来，罪名是携带违禁物品，扣留四十八小时，齐云生的航班起飞前是没机会出来了。”方天越说，“你小子，让你想办法，你反给我派任务，真是的。”

“袁子樱的性格，也就靠法律硬碰硬能制服，何况当年是我们设局骗了她，这跟我说服她帮我们查案不一样。”蒲天坦白地说着，脸色也渐渐凝重。

“做卧底就是这样的，说委屈，你的委屈也不少，四年前你太太过世，你以状态不好为理由辞职转行，当了三年的卧底，本来答应你等案子破了就归队的，结果又被调去国际刑警组织受训，接了这个案子。幸好你父母都在国外，你也没有女朋友，否则我又要编故事了。”

“我这样已经不错了，之前和我一起卧底的兄弟，连命都没保住。”蒲天说到这里，眼圈微微红了。

“蒲天，”方天越郑重地说，“完成这最后一个案子，我一定让你归队。”

“谢谢方 Sir，我会尽快查出真相的。”

“好，邵英杰很快会进凤凰楼协助你，我等你们的好消息。”

2012 年 7 月 29 日　上午

一大清早，关天赐就把明学文和蒲天叫进了办公室，告诉他们袁子樱因为携带违禁物品被扣留的事。明学文一听就急了，“携带违禁品，这怎么可能?! 一帮饭桶，办的这叫什么事!”

关天赐摆摆手让明学文冷静一些，“你先别激动，这件事我已经派人在交涉了，现在怀疑是有人更换了子樱的行李，警方也已经在调查了，如果证实了子樱无辜，马上就能让她回来，即便短时间内没有消息，等四十八小时过去，我们就能保释她出来。我已经打过招呼了，那边不会为难子樱的。把你们两个人叫来，是要嘱咐你们，陆百川的酒会全港瞩目，一定不能出差错，子樱不在，你们两个要多担待了。”

“陆百川的酒会可是请了总警司的，他和子樱的交情不浅，要是知道子樱受这样的委屈，不知道还会不会留总警司一个席位。”明学文愤愤不平地说。

“这样赌气的话你就不要说了，事情闹开了对凤凰楼也不好，总之子樱那边我会安排妥当，有人问起，就说我有别的任务给她，暂时不回香港。你们两个在这里看好陆百川的酒会，绝不能有误。”关天赐下着命令，他倒是很少这样疾言厉色。

2012 年 7 月 29 日—2012 年 7 月 30 日

酒会在下午 4 点开始准许贵宾入场，明学文在视频控制室把握全局，蒲天在现场负责总体协调，童宁带着接待组的人负责贵宾指引，孟萧萧他们负责现场的灯光和音乐调解，一切都井井有条。开始的时候人不多，大家都比较放松，明学文偶尔还泡杯咖啡，吃点水果，蒲天也不时地陪落单的贵宾闲谈几句。渐渐地，人流大起来，每个人都提高了注意力，尤其等陆百川的车快到凤凰楼时。明学文全神贯注地盯着监控，命令保安部控制观光电梯。蒲天更带着童宁出门迎接。

贵宾道两侧的饰灯亮起，起到了红地毯的作用，却比红地毯更加炫目。此时，大堂里走动的人群被保安礼貌地拦到两边。蒲天正朝凤凰楼大门走去。

在某一个瞬间，蒲天感到一种奇怪而微妙的感觉，在心底深处突然荡漾开去，他似乎感应到了什么，却很模糊。他直觉地回头，看着被拦在两边的人，他不清楚他的异样感觉来自谁，他也说不清到底那是种什么样的感觉。似曾相识，或是惺惺相惜，或是爱恨难断。很模糊，只是感觉，感觉不一样，感觉心被什么东西搅了一下，有些不安，却又有些兴奋。他摇摇头，断定是自己的神经系统出了毛病，收拾下心情，朝陆百川的豪车走去。

酒会在 6 点正式开始，先由陆百川和妻子江若琳上台致辞，然后儿子陆一昊和女儿陆轩一送上银婚贺礼，再是陆轩一为父母演奏小提琴。会场内的气氛幸福而又和谐，蒲天和童宁站在会场的主大门边欣赏着，轻谈着。

“方部长，我听说这个江若琳是陆百川的第二任妻子，是这样吗?”

“没错，”蒲天压低声音说，“陆百川娶江若琳的时候还很穷，身边带着前妻留下的孩子，连温饱也不能保证。他虽然有创业想法，却没有机会去实现。江若琳嫁过去后，与他同甘共苦，还说服开厂的父亲投资陆百川看好的采矿项目，支持他一步一步走到了今天。陆百川也很争气，自采矿项目掘得第一桶金后，便再没有要过岳父一分钱，靠自己努力挣下了今天的家业。”

“这样啊，原来陆一昊不是江若琳亲生的。对了，我听说陆百川有一对双胞胎女儿，怎么只来了一个啊?”童宁东张西望着说。

“陆百川的大女儿陆轩一，就是拉小提琴的那个，是哈佛的医学硕士，现在汇港医院任职，很受陆百川喜爱。而他的小女儿陆茗一，只读到大学一年级就退学了，进了娱乐圈发展，现在是个模特，但是陆百川对娱乐界的人一向反感，觉得模特这个行业有辱斯文。他从来不在公开场合与陆茗一同台，今天陆茗一不出现，也在情理之中。”

“哦。”童宁点点头，若有所思。

小提琴曲结束，冷餐会开始，贵宾开始自由交流，蒲天把现场交给童宁和孟萧萧，去视频控制室和明学文交班。两个人随意聊了几句，明学文就出了控制室。时间一分一秒过去，陆百川的酒会已经开始了四个多小时，却好像还没有结束的趋势。尽管陆百川夫妇已经离场，但邀请来的名媛公子们还沉浸在觥筹交错的快乐中，蒲天通知客房部，多准备十间房给这些醉意浓浓的贵客过夜。不知过了多久，出现在监视器里的人逐一离去，蒲天看看表，已经过了 11 点，离齐云生的航班起飞还剩下六个小时。

这六个小时并不好过，蒲天待在会晤房里彻夜未眠，直到早上 6 点，方天越通知他齐云生已经离港，袁子樱将在半小时内被释放，他才真正松了口气。接人的事关天赐自会安排，好不容易过关了，蒲天打算好好睡一觉，就在这时，童宁的紧急呼叫将他惊醒。

陆轩一死了，死在十六层豪华套房内宽大的床上。尸体是客房部的服务员朱珠发现的，她的尖叫惊动了十六层的人，幸好，十六层昨夜只向参加陆百川酒会的客人开放，最后留宿的只有陆一昊、陆轩一、方翼铜业的少东罗文东、广夏集团的千金朗姿，以及富天集团的人力资源总监冷卓凡。好在凤凰楼的隔音效果非常棒，消息并没有惊动其他楼层的人，而几位留宿的客人都因为大醉而处于睡眠状态中，只有陆一昊迷迷糊糊听到了叫喊，走出房门来看。在发现自己的妹妹出事后，陆一昊顿时清醒，刚要冲进去，被及时赶来的蒲天一下拉住。

“陆先生，现在您进去会破坏现场，我们已经报警了，请您冷静一点，耐心等待一下吧。”

“我妹妹在你们凤凰楼出事，你还让我冷静，你们凤凰楼还想不想营业了?!”陆一昊愤怒地说。

“陆先生，您的心情我可以理解，但是陆小姐是被人杀害的，这样的事情张扬开去，对府上的影响也不好。当然，如果事情查清，对于我们凤凰楼需要为此承担的责任，我们一定不推辞。但是现在，陆小姐的死因和被害缘由都不清楚，是不是不要闹得尽人皆知比较好呢?”蒲天耐心地解释着，他深知这件事如果处理不好，凤凰楼的名誉将一落千丈，那样袁子樱肯定不会饶了他，而且作为警察，蒲天比谁都更想知道案件的真相。

陆一昊慢慢平静下来，抬起头说：“你们通知我父母了吗?”

“已经通知了，他们的意思也是暂时封锁消息，警方那边，他们会打好招呼。为避免引人注意，他们就不过来了。”

陆一昊点点头，听从蒲天的建议回房间等消息。在关天赐的授权下，蒲天通知保安部和客房部的部长，除了已经知道消息的人，要在凤凰楼内部也封锁消息，同时安排了人守在那几位还在睡觉的客人的房门口，以便及时控制消息的散播。接着，蒲天走到陆轩一的房门口，穿上鞋套(按规定，进入客人房间要穿鞋套，所以工作人员随身带着鞋套)，走进案发现场。

第十章　瞬间推理

进入卧室，蒲天一眼被床上的尸体吸引了。雪白的床单上，一个美丽的女人躺在上面，蓬松的短发凌乱地散落着，遮住一边的脸，头歪向一边，细长的脖子已如白色石膏般摆出僵硬的姿势，脖颈处又细又深的勒痕呈现完美的弧度，米黄色长裙被身体压得褶皱连连，裸露的双足已没有了血色。如果这是一幅画，那她便是完美的模特。但这是凶案现场，她是具美丽的尸体，美丽，也残忍。可惜，十六至十八层是贵宾层，为保护名人和要人的隐私，这三层的监控只到电梯口为止，否则也不用麻烦警察了。这时，门外传来急促的脚步声，蒲天敏感地回头，冲进来的竟是袁子樱。

“你回来啦?”蒲天回头看尸体，也许是眼前的案子太过吸引他的注意，他似乎忘记了自己给袁子樱设过的局，一点紧张和愧意都没有，“我已经通知各部门在凤凰楼内部封锁消息，是关总直接告诉你的吧?”

“再不回来，凤凰楼就要毁在你手上了，灾星!”袁子樱似乎也忘记了自己的委屈，“现在情况怎么样?”蒲天简单说明了一下，袁子樱倒也没有挑出错，她慢慢靠近尸体，一股莫名的力量驱使着她仔细观察起来。“是被人勒死的，可是，”袁子樱看看周围，没有物品明显被移动或摔打的迹象，“好像挣扎的痕迹并不明显。”

“这群富二代喝了很多酒，要挣扎恐怕也没有力气，死者的鞋脱在了客厅，也没有换拖鞋，这样不会出现死者因为挣扎甩掉拖鞋而误中其他物品的可能。”蒲天小心翼翼地俯下身体，近距离观察她脖子上的勒痕，“凶器可能是细铁丝，凶手用力时铁丝嵌入肉中，死者没有办法抓住抵抗，自然就加速了窒息。哎？她脸上一点一点的红是什么？”蒲天注意到尸体面部的变化。

“是暗疮，死者的皮肤并不好，需要用化妆品来遮盖瑕疵。”

“昨天见到她的时候好像没有这些红点。”蒲天说。

“粉妆容易脱落，死者死后无法及时补妆，自然会出现瑕疵。”袁子樱说着常识，这时，她注意到床边打开的行李箱，“死者还带着行李来参加酒会？”

“哦，陆轩一昨天刚参加完一个学术交流会从国外回来，因为时间关系，直接从机场来了酒店，行李也带过来了。”

袁子樱点点头，走过去仔细看里面的物品。箱子并不很大，一边放着各类医学书籍，边角都对得很整齐，一边的东西差不多都拿了出来，只剩下几件休闲 T 恤和内衣，袁子樱走到衣柜边，用纸巾垫着握住把手，拉开衣柜门，上面的衣架上挂着几件职业装，下面的鞋台上是两双浅色的帆布鞋和一双低跟的皮鞋。袁子樱又走到床头柜前，上面摆放着几瓶护肤品和貌似刚刚拆封只用了一次的化妆盒。

“有意思，”蒲天突然说，“一双手保养得这样好，脚上的皮肤却不平整。”

“你真是不了解女人啊，”袁子樱过去看了一眼，心里也觉得有趣，嘴上却要顶他，“这是一般的挤压变形，两个脚趾之间有薄趼，也是挤压造成的，死者可能不太擅长穿跟比较高的鞋子。”

“嗯，有意思。”

“哎，子樱你回来啦，”夏铭进来说，“正好，我查过监控和验卡记录了，陆小姐在下午 5 点到达凤凰楼，由接待组的钟倩陪同，在 5 点 20 分到达十六层，5 点 50 分从十六层前往二十层的宴会厅，晚上 8 点左右回过十六层，9 点又回到宴会厅，一直待到 11 点多最后一个离开，大约 11 点 20 分这样返回十六层，再没有离开过。”

“监控有拍到什么特别的内容吗，比如除了陆百川的客人和酒店的服务员，还有没有陌生人到过十六层?”袁子樱好奇地问。

夏铭摇摇头，“十六层的走廊没有监控，而电梯和楼梯的监控都没有拍到异常情况。”

“观光电梯呢，那里没有监控，会不会有人看到些什么?”袁子樱不肯放过每个细节，虽然她也知道很少有人会专门去留意观光电梯里的客人。

“凤凰楼所有的电梯，只要通往客房层，都是要验卡的，陌生人即使搭乘了观光电梯也到不了十六层，同样的，如果有人先抵达较近的楼层再爬楼梯，楼梯内的监控也一样会拍到。不过，有一件事比较奇怪，陆小姐在晚 8 点回十六层时的验卡记录显示，她是从一层往上去的十六层，而不是从二十层下到十六层。”

“这个有可能，”袁子樱反倒解释起来，“钟倩说，陆轩一去宴会厅前，发现门卡有问题，让客房服务员送到前台处理，说晚些时候她会去取。所以很有可能，是陆轩一先去前台取卡，然后回到十六层。”

“那我跟前台确认一下。”夏铭说着拨通电话。

“子樱，你说有没有这种可能，在陆轩一从前台回来的时候，有人跟着她搭乘观光电梯一起到了十六层，这样既不会被监控拍到，也不需要验卡。”蒲天提出另一种可能。

“这种可能当然存在，可问题是，如果凶手已经跟随陆轩一到了十六层，为什么不马上动手呢，她就不怕陆轩一回到宴会厅后和朋友们在一起，不再有独处的机会了吗?”袁子樱看向蒲天，“除非，凶手能够断定陆轩一会单独返回。”

“嗯。”蒲天夸张地点点头。

这时，夏铭有了新的消息，“问过前台了，陆轩一的确在昨晚 8 点左右去前台取过门卡，不过……”夏铭挑了烟，叼在嘴里，却没有点着。

“你还是这个习惯，”袁子樱似在回忆什么，“怎么样，有结论了？”

“你能看出我在想什么？”蒲天歪着头问。

“你是不是在想，陆轩一为什么要把没有故障的门卡送去前台，而且，还要亲自下楼去取？”

“哈哈，”蒲天忍不住笑了，动容地看着袁子樱，“你有答案了？”

“不光是一个答案，可能是一个完整的故事。”袁子樱开始叙述，“陆轩一因为我们不知道的原因秘密约见了陆茗一，利用观光电梯监控和验卡系统的漏洞，以领取门卡为信号，偷偷把经过乔装的陆茗一带进房间，然后用什么特殊的方法，比如给她喝下有安眠药的咖啡，或者直接迷晕她，等等，等她昏睡后继续参加宴会。宴会结束后，回到房间杀害陆茗一，再换上陆茗一用来乔装的衣服，从观光电梯直下大堂离开凤凰楼。”

“应该是这样了，”蒲天垂下头，右手的拇指和食指托在额头两侧，感慨万分地说，“原来还以为那张门卡顶多是引狼入室，现在看来，是整一个请君入瓮，真是无所不用其极啊。可惜，一个复杂的计划，通常毁在一个简单的细节上，她本可以用各种方法损坏门卡，把戏演得更逼真一些，可她偏偏没有，那就怪不得我们要怀疑她了。”

“她忽略的细节又何止一个，”袁子樱显然有些小得意，“陆轩一是个医生，受工作环境影响，喜欢穿素色的衣服，穿平底鞋，不爱打扮，这从她的随身物品中就能看出来，和陆一昊的描述也吻合。她拉小提琴，无论如何保养，手指上一定会有痕迹，但是足部应该保养得不错。可这个被勒死的女人，化浓妆且皮肤质量差，手部光洁，脚部趼较多，显然是长期化妆和穿高跟鞋的缘故，而且从我一个女人的角度来看，她脸上的彩妆不是客房里那个化妆盒能够满足的。”

蒲天听完会心地一笑，转过身对袁子樱说：“子樱，这不是一个女人的角度，这是一个法证化验员的角度。我说过，你早晚要回来的。可惜眼下，我们谁也不能出面，只能看他们的本事了。”蒲天转向另一边，看着重案组的人出出进进。看着那熟悉的画面，他多么渴望自己也能置身其中啊。

2012 年 7 月 30 日　傍晚

明学文知道了陆轩一被害的事，打电话给袁子樱了解了情况，也没有深究，倒是对袁子樱被扣留的事特别关心。一天忙碌下来，袁子樱已经将这事淡忘得差不多了，寥寥几句诉了冤枉就挂了电话，一点没往别的地方想。嘀嘀，电脑发出下班时间到的提示音，袁子樱又查看了一遍邮件，啪啪几下，按下 Enter 键，把最后一封回邮发出去，准备下班。这时，叮咚一声，电脑屏幕上跳出一个信封图案。这个时候还有谁发邮件过来？袁子樱有些好奇，那是个陌生的邮箱号，但是自己用的是公司邮箱，莫非是客人？袁子樱打开邮件，只有一句话——御皇都爆炸案的背后。

句子结尾的地方，跟了个箭头，指向邮件窗口的右侧，那是附件链接的按钮。

霎时间，袁子樱感觉如芒刺在背。她打开附件，是一张照片，照片里，匡雄伟正把一样东西交给一个男人，那个男人，好像就是御皇都的会议中心副主任赵庆。那一瞬间，她感觉被人扼住了喉咙，那感觉，像是要窒息了。难道御皇都的爆炸案跟匡雄伟有关？可是匡雄伟已经死了。等等，正因为他死了，事情才更复杂！这个发邮件的人，是真的发现了什么，还是借机勒索凤凰楼？

袁子樱盯着电脑屏幕，牙齿轻轻咬着下嘴唇，右手的食指微微弯曲着在下嘴唇的边缘来回摩擦，那是她思考问题时特有的姿势。敲门声响起，袁子樱如惊弓之鸟直起身体，慌忙关掉显示屏，这时听见蒲天在门外说了声“是我”，才放松下来。“进来吧。”袁子樱调整坐姿和情绪，不想他看出端倪。

蒲天推门进来，反手把门锁上，走到袁子樱面前，“内部消息，被杀的是陆百川的小女儿陆茗一，我跟你都没有看错。”

“那凶手是不是陆轩一？”

“这个还没有定论，因为陆轩一还没有找到，但是能用这样迂回的方式来杀人，估计也只有她了。”

“你们没有足够的证据支持吗，还需要她的口供？”

“哦，”蒲天贼贼地一笑，潇洒地在袁子樱对面坐下，“证据支持，你想知道啊？”

袁子樱见他就这样坐下了，本能地瞟了眼电脑屏幕，故作计较地说：“没有料的话就请你出去。”

蒲天做了个投降的动作，“警方在陆轩一的房间里找到了清洗过的咖啡杯，验出了残留的微量安眠药，大堂的动态监控拍到了陆轩一和一个穿运动装的年轻人同时在观光电梯里的画面，虽然这个年轻人用棒球帽遮挡住面部，但通过对这个人的站姿及行走方式的技术分析，判断这个人应该是女扮男装，而且身高体形与陆轩一极为相似，技术科还原了陆轩一手机中被删除的通话和短信记录，从她们近期的谈话内容来看，陆茗一似乎捏住了陆轩一的什么把柄，也许这个就是陆轩一的杀人动机。”蒲天说到这里，做出美滋滋的表情等着袁子樱回应。

“你说的这些好像还不足够指控陆轩一谋杀。”袁子樱毫无表情地说。

“所以我一开始就说啦，没有定论，是你逼着我，我才提前泄露天机的。”蒲天无辜地说，看袁子樱又急了，赶紧安抚说，“其实这种富豪家庭呢，都是表面风光，很多乱七八糟的事我们都看不到也想不到，只要能从疑点中找到凶手，我们就问心无愧了。至于动机和检控，就让律政署那帮人去操心吧。何况，我们现在还是卧底的身份，不能管得太多。”

“谁是卧底的身份，以后少用‘我们’这两个字！”袁子樱在说到“我们”这两个字的时候不自觉地加重语气，更没好气地瞅瞅蒲天，随后嘟囔着问，“对了，凤凰楼会不会受影响？”

“现在是陆家内乱，他们才不好意思来追究凤凰楼的责任呢。但是我问过关总，凤凰楼方面还是会做出适当的赔偿，无过而自责，舆论会帮我们的。”蒲天说着微微一笑，走到一旁的储物柜边，从里面拿出一个红茶包，四个奶泡，一包糖，走到茶水桌旁。

“你对我这里倒挺熟悉的。”袁子樱双臂交叉在胸前，身体向后靠着椅背。

“我们共事了那么久，以前没少去你办公室打秋风（假借各种名义向人索取物品），你喜欢吃什么，喜欢把吃的东西放在哪儿我会不知道？”蒲天说着走到袁子樱桌前，“你的咖啡奶茶。”他把满杯的热奶茶搁在写字台上的电话机旁，突然眉头没来由地一皱，又贴着桌面将杯子移到电脑的左手边，停下。

袁子樱失神地望着他的举动，“你为什么会……”

蒲天体贴地说：“接电话会撞到杯子的嘛，我知道你不喜欢。”

袁子樱双手交合在胸前，胳膊平放在桌上，头微微低下，“谁告诉你这些的？”

蒲天潇洒地摇摇头，“不用人告诉，我这个职业没有别的优点，就一个，观察入微，就像刚才我进来的时候，你紧张中带着那么一点放松，明明坐直了身体望着门，手却贴着鼠标。还有，现在已经过了 6 点，办公室关了灯，你的鼠标在发光，但是背后的墙上没有荧光反应，说明你仓促间关掉了电脑屏幕。刚才我坐下的时候，你还下意识地瞟了电脑一眼，如果我没有猜错的话，你一定在看什么不能见人的秘密。”蒲天说着，拿手指了指电脑屏幕。

听到蒲天这样说，袁子樱觉得没有必要对他隐瞒，重新打开显示屏说：“我刚收到一封奇怪的邮件，暗示御皇都的爆炸案和匡雄伟有关。”

蒲天绕到子樱身边，这时对方已经发来了第二封邮件：

如果不想照片曝光，明天下午 2 点，带 500 万港币现金到太平山顶。

“怎么办?”袁子樱用求助的眼神看着蒲天。

“你把邮件转发给我，等我消息。”蒲天拍拍袁子樱的肩膀，让她镇定。

“好。”这一刻，袁子樱居然对他突然萌生了无穷的信任感，又或者是无奈之下对一个警察仅有的一点救命情结吧。

第十一章　不堪回首

2012 年 7 月 31 日　下午

指针划过 12 点，蒲天把袁子樱叫到地下停车场，载着她出了凤凰楼。“我们是去太平山顶吗?”袁子樱紧张地问。蒲天没有回答，一路开到了海边。“我们来这里做什么?”袁子樱闻着海水的味道，感受海风吹在脸上时冰凉的感觉，仿佛身体的热量正被一点一点带走。

“照片是合成的，是假的，”蒲天转过脸，看见袁子樱的脸上露出欣喜又迷惘的神色，他认真地说，“我不明白的是，为什么他会把邮件发给你。”

袁子樱的脸色顿时变了，“你什么意思?”

“如果他的目的是勒索，他就应该把邮件发给关天赐或者黎佑铭，为什么要发给你，你不过是个接待组组长而已，就算你在凤凰楼得宠，也不该来管这样的事，除非，你与凤凰楼有不为人知的特殊关系。”蒲天直直地盯着袁子樱，就好像不认识她了一样。

袁子樱吸了口气说：“我是匡雄伟的手下，而且黎董事长又长年不在香港……”

“你有500万港币吗？”蒲天无情地打断她，“还是你能从谁那里搞到这500万港币，这是一个接待组组长能拥有的特权吗？子樱，我是在帮你，帮凤凰楼，损失500万港币对凤凰楼不算什么，但如果这个发邮件的人不找出来，凤凰楼失去的将远不止这500万港币。”

袁子樱被他逼视着，双眸却似乎被他的尖锐目光射中，无法躲开。许久，袁子樱慢慢地开口：“看来是瞒不了你了，我，是黎董事长的亲生女儿。”这下轮到蒲天吃惊了，不禁侧转身体，等着她继续说。袁子樱低下头，“我的妈妈是酒店招待出身，不被黎家接受，爷爷奶奶做主让爸爸娶了夫人，好在夫人心胸宽广，一直和爸爸偷偷地资助我的生活和学习。”

“原来是这样，”蒲天有些木讷地舔了舔嘴唇，“那这件事还有谁知道，明学文？”

“不，他虽然和爸爸关系很好，也知道爸爸一直在资助我，但他不知道我们是父女关系。除了爸爸、夫人和我，唯一知道这件事的就是妈妈当年的好姐妹张姨，她从酒店辞工后就在黎家帮工，一做就是二十多年，直到夫人去世，黎董事长移居加拿大，香港的宅子空了出来，她才换了工。不过她离开时，爸爸给了她一笔丰厚的养老金，她总不至于为了钱做这样的事吧？”

“这可不好说，有的人连亲姐妹都能杀害，何况张姨只是你妈妈的好姐妹，骗你点钱又算什么。”蒲天又叼上了烟，这一回，他点着了。

袁子樱把蒲天叫了出来，开车把他带去一个地方。一到那里，蒲天就感觉很不好，因为这就是当年齐云生的死亡现场。袁子樱停下车子后，深呼吸了三次，正视着蒲天问："当年的偷袭，到底是怎么回事?"

"什么偷袭?"蒲天舔舔嘴唇，装不知道。

"别再瞒着我!"袁子樱把已经捏得皱皱的照片丢给蒲天，尖厉的声音仿佛可以把车窗玻璃刺破。

嗡的一下，蒲天的脑袋晕了。这是陆百川进入凤凰楼大堂时的抓拍，照片的右上角有一个模糊的身影，正是齐云生。狡辩，没有用，只要袁子樱去查住房记录，一切就都明了。白费了，全白费了。蒲天不敢去看袁子樱，他能想象她此刻的表情，那一定比魔鬼更可怕。

"他还活着，"袁子樱让自己冷静下来，"是你告诉我他死了，那么这是什么，鬼上身吗?"

面对袁子樱的质问，蒲天无话可说。他低着头，也许是在心里骂自己。

"呵，我原来还在想，会不会是你也被骗了，看来，我真是太低估你了，"袁子樱盯着蒲天，把他的脸抬起来对着自己，"告诉我真相。"

蒲天被迫直视着她的眼睛，知道躲不过了，只好把事情都说出来。袁子樱听完这个久远的故事，眼中已经含满了泪水，"八年了，你一直都在骗我，一直都在骗我!"袁子樱狠狠打了他一个巴掌，原来八年，她都生活在一个骗局里。

“对不起，我们当年真的无可奈何。”蒲天诚恳地道歉。

“骗我也是无可奈何？而我居然就傻乎乎地相信了你们！”袁子樱是真的恨他，也恨自己。

“我们……是想保护你，也保护他。”

“借口！”袁子樱冷冷地说，“你们根本就是不相信我，什么秘密，你不是知道得一清二楚吗，难道你值得信任，我就不值得吗？”袁子樱说完，拿出手机。

“你干什么？”蒲天一把抓住她的手腕。袁子樱甩开他的手，继续拨号，蒲天一眼看出是打回酒店前台的。“别打了，”蒲天抢过手机，“他已经走了。”

袁子樱愕然了一阵，睁大眼睛一个字一个字地说：“你知道？”

蒲天低下头，“他住凤凰楼，只待了一个晚上，在你回凤凰楼前就走了。”

袁子樱张大嘴巴，许久才说：“你到现在才告诉我？”

“是，”蒲天干脆都承认了，“他是来执行任务的，我觉得你们没有必要再见。”

袁子樱摇摇头，讥讽地笑着，“借口，你是怕我见到他后就会知道当年的事，那你就连央求我的资格都没有了。”

“不是的……”

“不是？”袁子樱冷笑一声，“那好，那我谢谢你的关心，就当你是不想我记起从前的事，从今天开始，你在凤凰楼的身份与我无关，以后任何事，都不要来求我。”

“子樱，我这是工作，你不要把公事和私人感情混在一起。”蒲天明显着急了。

“什么公事？我已经不是警局的人了，我为凤凰楼工作，不揭穿你已经是仁至义尽，你凭什么再要求我为你撒谎！”袁子樱决绝地说。

蒲天沉默了一阵，艰难地说：“子樱，从头到尾我都没有想威胁你，没有告诉你齐云生在凤凰楼也是不希望你难过，但你如果要因为这个阻挠我查案，那我也只能对你残忍了。”

“你对我还不够残忍吗，你还要怎样残忍？”

蒲天专注地看着袁子樱，“你应该不希望有人知道你和黎佑铭的关系吧，或者，你不想让人知道御皇都的爆炸案和凤凰楼有关吧？”

袁子樱一下傻了，瞠目结舌了很久，思路才渐渐清晰起来，“其实那天，你知道照片是合成的后，就已经知道我的威胁解除了，可你还是追问我和凤凰楼的关系，不顾忌你的卧底身份去参与对勒索犯的抓捕工作，你想要得到我更多的把柄……等等，”袁子樱突然想到了更多的可能性，“齐云生在香港的那一天，就是陆百川酒会的那一天，就是我被警方扣留的那一天，他前脚刚走，我后脚就被释放了……”袁子樱揪住他的衣领，“是你在捣鬼？”

“我只想支开你，至于照片的事，我也很意外，子樱，别逼我威胁你。”蒲天两只手捂住脸，疲倦地搓着。

“哼！”袁子樱又冷笑，“支开我？可惜功亏一篑。真可笑，你以为发现了那张照片，就等于是捏住了我又一个把柄，偏偏这时候有另一张照片出卖了你，揭露你卑鄙无耻的嘴脸。”袁子樱拿出打火机，把照片烧了。

“小心!”蒲天见火快烧到了她的手，赶紧抽出车载的烟灰缸接住。

火渐渐烧尽，当秘密揭穿的时候，真正被恨的，往往不是秘密的主角，而是揭穿秘密的那个人。“当年的欺骗，我可以理解，可是今日的捉弄，我不会作罢。照片我烧了，凤凰楼你还可以待，但是，”袁子樱把灰烬全部倒在蒲天的头上，“这是我一辈子的把柄。”

蒲天闭上眼睛，一句话也没有说。

2012 年 8 月 3 日　晚上

袁子樱在天台站了很久，风刮在脸上，吹干了泪珠。齐云生还活着，他是为了任务欺骗了自己，比起他真的死去，这样的真相让人痛苦无奈，也让人欣慰感慨。经过八年的沉淀，一切早已物是人非，真相沉睡得太久，醒来时早已被岁月磨平了棱角，心中的恨意随着照片的灰烬惩罚着说谎的人，但即便编织谎言的道具都不复存在了，发生过的事却永远不能改变，它印刻在时间的轨道上，永恒于天地。袁子樱在心里是恨蒲天的，那种恨很复杂，很难追根溯源。只是现在，她还不能让蒲天离开。袁子樱闭上眼睛，让无情的风带走内心的不平静，当太阳升起的时候，她将开始新的生活。

第十二章　突现死猫

2012年8月20日　上午

袁子樱的生活平静了一阵，也许是年纪大了，爱恨情仇都变得十分渺小，而时间又那么漫长，八年的沉淀孕育成海，纵然被一颗石子激起波澜，也很快会变成渗入沙粒的潮汐，最终回归平直的天际线。半个月后，危机公关的培训计划终于躲不过去要正式开始了，看着那个自称是大学教授的教官在凤凰楼里目中无人的样子，袁子樱真想过去把蒲天掐死。

“你这是从哪儿找来的人？张牙舞爪不懂收敛，不过是做做样子而已，居然还让我们这么多人陪他参观凤凰楼，真是笑话！”袁子樱和蒲天并排走着，气愤地说。

“危机公关其中很重要的一条就是要预防危机，如果他不对凤凰楼做一个全面的了解，又怎么知道我们的漏洞存在于哪里？”

“是吗？那由你一个人陪着就可以了，用得着危机公关小组全体出动吗？”袁子樱实在无法认同蒲天的做法，或者说，是无法认同他这个人。

“你不是常说凤凰楼是一个整体吗？那么危机公关小组如果四分五裂七零八落无法统一行动，岂不是很丢凤凰楼的脸？”

“什么危机公关小组，我看是你的调查小组吧，”袁子樱讽刺他，“演戏都要有个分寸，做假都要点到为止，我不信你真的会找个危机公关的高手来搅和你的调查，什么大学教授，是你的同党还差不多。”

“有的事知道就可以了，没必要挂在嘴上，你这么大声说话，不怕让人听见？”蒲天朝身后瞟了一眼，大部队在身后跟着，虽然有一定距离，但脚步声还是听得很清楚。

“你也会怕吗？像你这种撒谎大王，我还以为你什么都不怕呢。”袁子樱说完，加快脚步，跟上走在最前面的关天赐和那个冒牌教授。“关总，我想跟林教授交流一下。”

“哦，好啊，你们两个都是高手，高手过招，旁人回避，哈哈。”关总笑着，侧身让他们俩先走，自己则走到蒲天的身边。

“他们两个干什么？”蒲天有点紧张。

“子樱说要跟他聊聊，我这个做上司的当然要识趣了。”关总似乎完全摸不清状况。

“聊聊！”蒲天有种怒火要喷发的冲动。

袁子樱看看他，开始话题，“林教授是吧，全名是什么，我刚才没记住。”

“林徽英。”

“名字不错啊，听到的人都会会心一笑，那么危机就不知不觉化解了三分之一。”

“化解危机不是靠名字，是靠机智和诚意的，如果连对方的名字都记不住，那么就可能被理解成缺乏诚意，危机只可能加深，而不会化解。”

“你讲得很有道理，那欺骗算不算是有诚意呢，林Sir?”林徽英的脚步猛地停住，敏感地转头看向袁子樱。后面跟着的蒲天也紧张得浑身出汗。“怎么了？你们学校里，学生不是管老师叫 Sir 的吗?”袁子樱很无辜地看着林徽英，“我的这个问题，很难回答吗?”

“欺骗有很多种的，其实诚意指的是解决问题的态度，而不是解决问题的方法。”

“那么就是说，如果对的方法导致错的结果，就是错，但是为了得到对的结果而用了错的方法，就可以全盘接受，是这样吗?”

“如果结果错了，那么方法就不能算是对的方法。”

“但如果结果对了，即使错的方法，也是对的。”袁子樱看着他说。

“我也是这么想的。”

“不要用这个‘也’字，我只是说出了你的想法，我自己可从来没有这样的念头。对的方法如果给了一个错的结果，只能说不值得，只能说太可惜，但如果方法是错的，那么就是错的，就算结果对了，也是用伤害做代价换来的。一个错误的方法必定会伤害到好多人，纵然结果是对的，但结局一定是错的。”袁子樱说完这话，转过头看了蒲天一眼，然后转身往前，“前面就是方部长负责管理的会议会展层，希望林 Sir 可以多多指教。”袁子樱恢复平静的语气，走到 1 号厅前，用力推开门。

“啊——”两名跟在袁子樱身后的女服务员在厅门完全敞开的那一瞬间突然齐声尖叫起来。袁子樱先是被她们的声音吓到，然后才看见 1 号厅华丽的地毯上躺着一只死猫。它的死状很惨，口吐白沫，四肢扭曲，好像在死前有过剧烈的痉挛。袁子樱整个人怔在那里，不寒而栗，但她把自己的情绪控制得很好，没有惊叫，没有手足无措。

其他人见到死猫纷纷掩耳遮鼻，又或者面露厌恶之色避之不及，更有人互使眼色言语鬼祟，或是偷聚一旁窃窃私语。只有袁子樱、关大赐、蒲天和唐进辉保持冷静，站在原地凝视死去的猫，脸上没有任何表情。

林徽英站在一旁，偷偷观察着所有的人。

“快点，把死猫处理掉！”保安部部长夏铭大声说。

“慢着！”林徽英突然发话，“既然有意外发生，那么就当活教材好了。”林徽英从口袋里拿出两只塑料鞋套，套在脚上，然后走进 1 号厅，四处察看一番，然后退出来，“鞋套是必备的工具，因为你不知道什么时候意外会发生，这个时候，首先要做的第一件事，不是清理现场，而是观察现场，确认眼前的状态是最后状态，才可以开始处理。就像今天这样，一只死猫突然出现在不应该出现的重要场所，而且死得很惨，那么就要想一下，是不是只有这只死猫，会不会有其他更危险，或者更古怪的事情正在附近发生。如果有的话，那么首先要阻止事情发生，找到危机的源头，将影响控制在最小范围内；如果没有，就可以开始对已经发生的意外判断、定性及进行评价。”林徽英走到死猫旁边，观察它的死状，“这只猫口吐白沫，应该是吃错了有问题的食物引发疾病导致死亡的，那么需要考虑两个问题，一、这只猫是从哪里进来的？二、这只猫到底吃了什么，是在哪里吃的？”

“凤凰楼不允许带宠物进来的。”有人尝试参与讨论。

“那么凤凰楼的安全问题就不得不令人担心了。这么大的一只猫，是怎么进来的？而且还是进到大门紧锁的1号会演大厅里？这个问题外界肯定会揪住不放。再者，我们要弄清楚这只猫吃了什么，如果是在外面吃的，那就得把食物源找到，证明这只猫的确是在外面吃错了东西，进到凤凰楼后才发病的；如果是在凤凰楼里吃的，那就麻烦了，是不是在厨房，是不是在餐厅，那也就说明凤凰楼的食品安全完全得不到保障，连猫都吃死了，那人还能活吗？”

“而且就算猫是在外面吃的东西，如果我们证明不了，还是会被人怀疑是凤凰楼的食物有问题。”餐饮部的人参与讨论。

“没错，而且这还是最乐观的估计，排除了人为破坏和恶作剧的可能的情况。也就是说，如果危机是一次性的，化解了就化解了。但如果是人为破坏的话，就很难保证是不是会有第二次。还有，如果猫吃的不是病变的食物，而是有毒的食物，那事情会更加复杂。我们要弄清楚是不是有人带了有毒的物品在凤凰楼附近甚至是凤凰楼内部出现，不要以为这是天方夜谭，一只死猫不会无缘无故地出现在这里，这个意外背后隐藏的危机不会因为猫的死而不复存在。”

“好可怕哦。”非公关部的职员第一次感受到危机的可怕。

“需要这么复杂吗？把猫扔掉，把现场处理干净，神不知鬼不觉，不就行了？”客房部一男职员发表“高见”。

“难道没有人知道危机就不是危机了吗？如果是凤凰楼的食物有问题呢？如果是有人故意搞鬼，在凤凰楼的厨房里动了手脚呢？如果客人不小心吃到了有问题的食物出事了呢？那个时候你是不是准备把尸体处理了，然后也装作神不知鬼不觉地继续为客人服务？”

那男职员不吱声了。

“危机不是只在看得见的地方发生，危机的负面效果也不是只在你留意的时候才会显现，危机是要追根溯源的，越是在暗处发生的危机越要小心，如果掩耳盗铃可以成功的话，那还要危机公关干什么？!”林徽英走到夏铭面前，“你刚才急着要清理现场，知不知道现场一旦被破坏，危机的根源也就无处可寻了？有的时候发生危机并不是你们的责任，但偏偏只有危机的真相可以帮你们解脱责任。

凤凰楼，不是应该很有自信的吗？只有心虚的人才会急于掩盖危机，但是我希望你们记住，危机，除非它不发生，否则，谁也掩盖不了。”

周围安静极了，林徽英的气场镇住了所有人。

啪啪啪啪——关天赐替他鼓掌，于是，其他人也跟着鼓掌，只有袁子樱把头转向一边，似乎这种在她看来拿腔拿调的说话方式倒足了她的胃口。关天赐上前两步说：“林教授说得对，危机来了我们就要去面对，而不是逃避和掩盖，这也是我们建立危机公关小组的初衷。说实话，这只死猫的出现让我很不高兴，也很惭愧。这件事，就当是培训实战，交给林教授全权处理。”

“不用了，”林徽英拒绝，“说抱歉的应该是我，这只死猫，是我事先委托方部长偷偷放在这里的，主要是想看看大家的反应，看看大家是不是有危机公关的意识，同时也是想说明，掩盖危机，不如面对危机，逃避危机，不如预防危机，处理危机，不如没有危机。虽然道理很简单，但我想只有通过这种方式，才能让大家把这几句简单的话印在脑子里。”林徽英露出难得一见的微笑，“如果有吓到各位的地方，请各位多多包涵，希望在今后的一个月里，我们能够相处愉快。”

“啊！”林徽英话音刚落，蒲天突然大叫了一声。

所有人都回过头去看他，只见他面露尴尬之色，身体拘谨，似乎难以动弹。“对不起。”他道歉，向所有人，尤其是向林徽英。

袁子樱不知什么时候站到了蒲天的身边，双手背在身后，露出端庄的微笑。迟来的萧萧站在她身后，清楚地看到她手里反握的指甲刀，刀尖正朝着蒲天轻轻揉搓的臀部。

2012 年 8 月 20 日　下午

蒲天的办公室里，袁子樱的声音源源不断。“第一件事，不是清理现场，而是观察现场。这只猫口吐白沫，应该是吃错了有问题的食物引发疾病导致死亡的。是不是有人带了有毒的物品在凤凰楼附近甚至是凤凰楼内部出现，因为一只死猫是不会无缘无故地出现在这里的。如果客人不小心吃到了有问题的食物呢？那个时候你是不是准备把尸体处理了，然后也装作神不知鬼不觉地继续为客人服务？只有心虚的人才会急于掩盖危机，但，是谁也掩盖不了的。”袁子樱形神俱备地模仿着林徽英的话语和口吻，夸张的动作弄得蒲天眼花缭乱又无地自容，“那是死猫吗？简直就是死人！你到底从哪里找来的比你还愚蠢的卧底警察，做这种害怕自己不会暴露的无聊事。他是拿我们凤凰楼当课堂吗？简直就是当凶案现场，差点就没当众解剖了！”袁子樱一肚子气，全撒在蒲天身上。自从照片事件后，袁子樱就想明白了，既然蒲天让自己不好过，自己也绝不让他好过。他要查案子那是事实，自己有把柄在他手里也是事实，但他欺骗自己这么久，现在又有求于自己，不趁机折磨他一下，那就太委屈自己了。

“我拜托你小声点，整我无所谓，别弄得事情穿帮，那大家都不好过。”蒲天知道自己理亏，只好压低嗓门牺牲自我成全大我。

“怎么，要事情穿帮才不好过吗？我可是一直都没好过过，看来事情穿不穿帮，对我也没什么影响。”袁子樱摆出一副事不关己的样子。

“我从来都没想过要把你的事情说出去，如果你不肯帮我，可以直接提出来，没必要冷嘲热讽，弄得大家都不开心。”

“不是啊，我很愿意帮你的，协助警方破案是良好市民应尽的责任，这点觉悟我还是有的。虽然你欺骗了我那么多年，但我一向是以德报怨大公无私的，所以你尽管放心好了，我不会抛弃你的。”

“你那么心甘情愿就不会拿指甲刀戳我了，害得我在那么多人面前出丑。”

“你是警察嘛，枪林弹雨都不怕，我以为被戳一下对你来说不过是被蚊子叮一下，谁知道你那么没用，小小的痛都忍不了。”

蒲天张大嘴巴瞪圆眼睛，一句话也说不出来。其实，也不是说不过，只是他不想激怒她。

“今天那只死猫，其实不是为了说明什么危机理论而放进去的吧？”袁子樱气归气，心里还是明白的。

“这只死猫的确有别的用途，现在还不方便说，我就是知道这件事情不简单才请你出手的。”蒲天认真起来，

“我们也知道这样很冒险，但是查案怎么可能不冒险，何况还是做卧底。如果只知道守株待兔，那么那只兔子老死都不会掉进我们的陷阱。”

“我无话可说了。”袁子樱走到门口，踌躇了一下回头说，“蒲天，我还是要提醒你，别太过，关总也不是好糊弄的。”

从蒲天的办公室出来，袁子樱碰上了明学文，突然惊觉自己已经很久没有去留意这个人了。虽然每天在一起工作，但在自己心里，他好像渐渐变得和一般同事没有区别，自己也不再像过去那样留心他的举动了。

“那个林徽英，你不觉得他怪怪的吗？”明学文在电梯里说，他总是敏锐的，就像他发觉蒲天的可疑之处一样，他又盯上了林徽英。也许不知道这个秘密，袁子樱也不会对明学文的话如此敏感，但现在，她必须阻止明学文将这种怀疑扩大。

“上次你说方世遥怪，现在又说林徽英怪，我看最怪的那个就是你。是不是你在行政部门独领风骚专享荣宠惯了，看到稍微有点本事的男人在眼前晃来晃去就心里不舒服啊？”

“我觉得你怪才是真的，你刚才对林徽英也是一脸不屑极度憎恨的样子，怎么一转身就成了他的辩护律师？上次方世遥来也是，你人都不见就跑得无影无踪，反过头拼命为他开脱辩解，真是变脸比翻书还快。”

“你不知道女人是很情绪化的动物吗？我讨厌的人不

一定要睬他的，我喜欢不喜欢是主观意见，他是不是正常人是客观事实，我是不会将两者搞混的。其实我也很讨厌你，但是都可以让你到我家去翻我的私人物品，这一点你又不拿出来说?”

“上次是形势所逼——”

“这次是事实如此，”袁子樱不让他发挥，“虽然林徽英的话过了点，但都很有道理，否则以你的个性不会不站出来反驳。你自己都无话可说了，你还希望我能说些什么？还有，会议会展部没了你，照样运行正常，萧萧也说方世遥完全上了轨道，你不信我，不会连萧萧都不信吧。”袁子樱觉得自己都说到了点子上，可以收手了，“所以，别管这么多别人的事，故事是人家的，烦恼是你的，值得吗?”

“你变了。”明学文直白地说。

“我都希望我可以变。”袁子樱这么回答他。电梯到达地下停车场，袁子樱转身离开，明学文这才发现自己没有按想去的楼层的钮。一定有问题，明学文看着逐渐合拢的电梯门间袁子樱远去的背影，心中的疑窦越来越大。

第十三章　四枚袖扣

2012年8月20日　傍晚

袁子樱开车出去跑客户，回来的路上给蒲天打了电话，约他到家附近的一和茶楼。蒲天赶到后，袁子樱把明学文的原话说了一遍。

“他又怀疑?”蒲天明显感到明学文是个大麻烦。

“他越来越像女人了，神经敏感!”袁子樱也觉得棘手。

“越来越?”蒲天蹙起眉头，“你知道他原来是个什么样的人?”

“原来是会议会展部部长，就是你的前任，这个答案你满不满意啊?”袁子樱故意答偏了。

蒲天没有介意，说出自己的想法，“照理说一个男人不会这么敏感的，除非——”

“除非什么?”

“他是兵或者贼。”

袁子樱沉默了一会儿，似乎在做着某种决定，许久，她抬头郑重地说：“告诉我吧，你到底是来查什么的?”

蒲天抬眼看看她，没说话。

“我知道你是在查案，但我不知道你查的是凤凰楼里的人，还是凤凰楼本身。所以我一直配合不到你，因为我不知道你的方向是指向哪里。我很怕我错误的配合，会给凤凰楼带来不好的影响。但是今天，我看到林徽英做的每一件事，听到他说的每一句话，我知道，你们是冲着凤凰楼来的。你们甚至冒险放了只死猫在会演厅，就是为了引蛇出洞，那个时候我就知道，你们还没有找到真正要调查的对象，你们在试探，在引诱，希望可以观察到线索。我可以感觉到，你们查的不是一个人，不然不会这么兴师动众，两个卧底一起行动，还要搞什么危机公关小组，搞什么专业培训。你们是在找人，找一个可以带你们走向真相的人，一个知情的人，而且很可能是个坏人。是不是?”

蒲天先不作声，然后开始笑，笑到让人害怕，笑到让人可怜。“原来我们警察是这么没用的，一场戏，就被一个女人完全看穿了。这个计划不会成功了，你们都太厉害，厉害到我根本无从下手。”

“看穿不是因为我厉害，而是因为我身在其中。”袁子樱说，“你们的把戏，只有两种人能够看穿，一种是被你们追查的人，一种，是和你们一样在追查的人。”

蒲天突然弹起身来，袁子樱看着他错愕的模样，暧昧地笑笑，没有说话。“你也在怀疑?”蒲天感觉到袁子樱的冷静已经超出了他可以想象的一切范围。

“是，我是在怀疑，从我看见匡雄伟尸体的那一刻起，我就开始怀疑了。”袁子樱冷静地说。

蒲天的惊愕又加深一层，随即渐渐退却。他慢慢坐回椅子上，稍微调整了一下坐姿，让情绪稳定下来，专注地望着袁子樱，说：“你的怀疑，具体是指什么？”

“当然是怀疑匡雄伟的死不是警方所说的心脏病突发那么简单啦。”

蒲天稍微缓了口气说：“其实警方从一开始就是抱着怀疑的态度来看待匡雄伟的死，但是调查的结果却毋庸置疑。公关部的电子移动门有刷卡进出的记录，移门顶端的监视器也清楚地显示，在匡雄伟死亡当天晚上 8 点 27 分，公关部所有职员都离开了办公室，也包括你跟匡雄伟。大概一个小时以后，匡雄伟跟你又先后折返回来，匡雄伟到达的时间是 9 点 40 分，你回到公关部的时候已经是 10 点 20 分了。据你自己的说法，你一回来就发现了匡雄伟的尸体，但是在 9 点 40 分到 10 点 20 分之间的这段时间里，匡雄伟一直是一个人独处，最重要的是，法医检验的结果显示，匡雄伟的确是死于心脏病突发，这点已经不可改变了。”

“心脏病突发也可以是人为的结果，一个人生气的原因，有很多种可能的。”

“这点我们考虑过，最可能的就是电话遥控，可是我们检查了他的固定电话和手机，在那段时间里，没有任何通话记录，经过取证，通话记录被事后删除的可能性也被排除。还有一点很重要，我们在现场的地板上发现了散落的药片，这说明匡雄伟有随身带药的习惯，而且当时他也拿出了药准备自救，如果真有这个凶手存在，他应该了解这一点，也不会不考虑这一点。”

“如果换药呢？通常有心脏病的人习惯把药放在外套的内袋里，偏偏匡雄伟又习惯把外套挂在椅背上，如果有人存心要换药，一定能找到机会的。”

“这些我们都考虑过，问题的症结在于，那些假药去了哪里？现场找到的药片证实是真的，如果说有人在匡雄伟死后清理了现场布置了假象，”蒲天说到这里，看向袁子樱，“那就只有你能做得到。”

“可是你们没有来问过我啊！”

“问了又怎么样？没有证据。”蒲天从口袋里掏出口香糖，打开盖子，把五颜六色的颗粒撒在地上，有的掉进木地板的缝隙里，有的滚到沙发背后，有的钻进茶几底下，到底撒出来几颗，根本记不清。“你捡啊，我看你什么时候能捡到一颗不落。其实我们也想过你就是匡雄伟突发心脏病的那个外来刺激，但是你回到凤凰楼跟你打电话报警几乎是在同时，总不至于你是先报警后动手的吧。”

“也许就是这样呢？也许我是先报警后杀人，也许我真的清理了现场，只是你们查不出来。”

“杀人可没你想的那么简单！”蒲天失笑，“很多在理论上成立的事情，到了现实中，就是一场空。所以我们常说，侦探可以去写推理小说，但推理小说作家未必能当侦探。或者真有什么神奇的方法创造了这个杀人奇迹，但从鉴证的角度，我们无法判断。”

“你们无法判断，是因为有人清理了现场。”袁子樱说，“你们无法判断是对的，那就是他要的结果。”

“他？”蒲天莫名其妙地紧张了一下。

“有的时候凶手没来得及处理现场，但却有另外一个人，因为完全不相关的另一个原因，‘帮’他把现场处理了。”

“另一个原因？”

“你想过没有，其实就算你们发现了可疑的细节，又怎么样？即使有通话记录，即使有冒充的药片，你们一定能找到主人吗？很可能最后的结果是你们知道有这个凶手，但是却抓不到他。这样对匡雄伟有什么好处？哼，对谁都不会有好处。”

“你好像在把我往某个思路上引。”蒲天渐渐明朗起来。

“我是的。”袁子樱开始发挥她冷嘲热讽的本领，“你们自以为都查清楚了，那是因为你们不了解匡雄伟，在他的写字桌右边第三格抽屉里，永远都会放着一瓶备用的药，你们没有发现它丢了，因为你们从不知道它存在过。你们甚至不知道，”袁子樱边说，边从包里取出一部手机，放在桌上，慢慢推移着送到蒲天眼前，“匡雄伟还有第二部手机。”

“这，这部手机——”蒲天顿时有大汗淋漓的感觉。

“这部手机掉落在匡雄伟的身边，手机盖是翻开的——”袁子樱正说着，蒲天将手机抢过去，拼命拨弄起来。

袁子樱淡淡地说：“我看过了，9点55分的时候有个电话打进来，而电话断线的时间是10点08分，也就是我发现尸体前15分钟左右，如果没错的话，这就是你所说的外界刺激。”

“为什么收起手机？你应该第一时间告诉我们你发现了这个东西！”

“告诉你又怎么样？凶手会白痴到用个能查得到的号码打电话给匡雄伟吗？”袁子樱将他的意见否决，“何况被我藏起来的东西又何止这一件？”

“你还藏了什么？”蒲天气得额头上的青筋暴露。

袁子樱从包里拿出个小药瓶，搁在桌子上。

蒲天真的要抓狂了，“你疯了你！你怎么连匡雄伟的药也——”

“地上是没有药的，”袁子樱依然平静地说，“那个药瓶本来就是空的，凶手根本没想清理现场，所以他清空了药瓶但没有调包药片，是我往地上撒了那些救命药丸，希望你们能够更加确信匡雄伟是死于心脏病突发。”

蒲天彻底怔住，好久才回过神来，“你为什么要做这些？”

“凤凰楼。”袁子樱看见蒲天露出一副无法理解的样子，却依然笃定地说，“这就是我说的另一个不相关的原因，我不能让凤凰楼冒险，如果凤凰楼内部发生了谋杀案，凤凰楼的声誉会一落千丈的。”

“隐瞒是没有办法消除危机的，早晚会曝光的，这个道理你不懂吗?”

“我不懂就不会告诉你真相，但你要给我时间，让我确信说出这件事情是对的。我说过，我告诉你们又怎么样? 除了让凤凰楼蒙受损失，我看不到任何值得我说出真相的意义。”

“那你也应该第一时间告诉我! 既然你明知道我是来查案子的，你就应该毫无保留地告诉我一切，你应该相信我!”

“相信一个骗子吗?” 袁子樱一句话就驳倒了蒲天，“我还是信自己吧。”

“等等，” 蒲天发现不对劲的地方，“就算匡雄伟死前打过电话，就算药瓶是空的，那也可以是一个巧合，为什么你会认为是谋杀?”

“你们不也认为是谋杀吗? 难道只有警察会推理，我们就不能懂些皮毛吗?”

“我们是靠推理，但我们是倒推。” 蒲天看着子樱的眼睛，“因为一些原因，我们从一开始就怀疑匡雄伟是被谋杀的，所以倒推上去，寻找一些不合理的线索，如果仅凭现场，我们是不会想到谋杀这一层的。但你是怎么回事? 怎么就能把匡雄伟的死往谋杀上靠? 以你们的关系，你不该把他的死往那个方向想才对。而且当时你肯定吓坏了，那个时候你怎么可能还注意到这么多的细节，并敏感地想到谋杀，而且还那么迅速地想到遮掩真相的方法？有这样的反应和举措，应该是非常确定匡雄伟就是死于谋杀，为什么你会这么肯定，甚至比我们都要坚决？”

“因为，”袁子樱看看他，“我也是倒推。”

蒲天顿时紧张起来，“这么说你不是通过现场判断匡雄伟死于谋杀？”

“不，我是通过现场来判断的，只是依据不同。手机、药丸，跟我的判断无关。”

“那你的依据是什么？”蒲天感觉她还有隐瞒，而且隐瞒了很重要的事情。

“那你呢？你倒推的理由是什么？你告诉我，我也告诉你。”

“别玩了。”

“我没跟你玩！你只想破案，我想保住凤凰楼，我顾虑的我在乎的只会比你多！”

“你知道的越少越好。”

“可我知道的已经比你多了，”袁子樱用这种方式抓住蒲天的好奇心，“想知道吗？”

蒲天无奈，理理思路，“我们收到了匿名举报，说凤凰楼的高层从事非法活动，我们暗中调查了很多次，但是没有结果，原本我们还想过，匿名信是不是你写的，现在看来不是了。匡雄伟死前一周，我们再次收到匿名信，说有人要逃，据我们了解，这段期间匡雄伟正准备移民，我们本来打算从他下手，谁知他突然死了。在这种情况下，我们有任何怀疑，都是正常的。”

“非法活动，是什么？”袁子樱追根问底。

“这个真的要保密，是为你好。”

“我想看看你的诚意而已，不要以为你不说我就不知道。”

“有些事情是不能靠猜的。”蒲天不相信她还能猜中。

“是毒品吗？”袁子樱直接地说。

蒲天的下巴都要掉下来了，“你怎么会——”这个女人涉入得太深了，可是自己完全没有透露过分毫啊。

“我说过，在死亡现场被我藏起来的东西可不止一件。”

“手机，药瓶，还有什么？”

“匡先生有一套二十六个英文字母的袖扣，平时都放在办公室里，有应酬活动的时候，可以随时拿来用。这套字母袖扣当时正握在匡先生的手中，所有字母都排列得很整齐，但是有四个字母是空缺的，就是D、G、R、U。当时我在地上发现了这四个袖扣，我怀疑是匡先生故意拿掉的，应该是类似于死亡信息之类的东西。我将四个字母重新排列，只能得到一个英文解答：DRUG，毒品。除此之外，我想不出一个心痛难忍就快死去的人怎么还有心情去摆弄他的袖扣。但如果真是毒品，我还可以完全置身事外吗？”

“死亡信息！”蒲天想不到她居然连这个都收藏了。

“现在我把自己知道的一切都告诉你了，那你是不是也可以告诉我匿名信的具体内容？还有，组建危机公关小组到底和案子有什么关系呢？”

蒲天的眉头猛蹙了一下，开口说：“匿名信写得很空泛，说很早以前就有人在凤凰楼暗地里进行毒品交易，然后通过凤凰楼的经营把钱洗干净。如果这样的话，只有凤凰楼最核心的机构和高层才能做得到。我们调查过凤凰楼的财务状况，发现原来凤凰楼旗下专门设有一个投资基金，与凤凰楼酒店本身的财务管理是分两条线走的，也就是说，除了凤凰楼的财务部，另外有一组专人在管理这笔基金，但具体是谁，我们查不到。”

“这笔基金确实存在过，董事长夫人去世前，就专门负责这个基金的运作，但是夫人去世后，这个基金就成了空设。”袁子樱眉头微皱，“你怀疑这笔基金就是黑钱？那岂不是夫人在贩毒？”

“目前只能说有这个可能。匿名信上说，凤凰楼的毒品交易曾经中断过很长一段时间，但是在三年前重新开始了。不管之前夫人有没有参与，至少眼下，不能排除基金被人暗中操盘的可能。我们研究过，三年前，凤凰楼的高层进行了大换血，紧接着在一些核心部门也出现了比较不符合常规的人事调动，组建危机公关小组，就是想把这些人都拉在一起，然后制造一些事端，让他们相互暴露。这就叫敲山震虎。”

“制造事端？然后让凤凰楼埋单？”袁子樱听到了她不喜欢的内容。

“我会把握好分寸的，而且我们只会制造内部事端，不会影响凤凰楼的声誉。”

“好，那你告诉我，今天那只死猫动静闹得挺大，到底能有什么效果?”

蒲天啧啧两下，凑近一点儿说：“今天那只死猫口吐白沫的样子，像不像吸毒过量啊?”

“哦，原来是冒充吸毒的猫，”袁子樱回想着死猫的模样，“像倒还是挺像的。”

“所谓做贼心虚，我就用这只死猫，去好好试试那些老虎。”

“小心画虎不成反类犬，人家放狗咬你啊。”

“我是警察，什么狗没见过。”蒲天顶了她一句，然后又正色道，“其实我想你帮我做的，只是掩护我的身份，其他的调查，你可以全部退出。”

袁子樱冷笑一声，“你已经拉我进来了，现在让我退出，是不是太迟了?”

“很危险的。”

“我知道，清理死亡现场也很危险，我还不是做了?再说没有我，你们查不到真相的。不是几只死猫就能把他们吓住的，相信我，你们会有用到我的时候，凤凰楼对我很重要，我也知道隐瞒危机是自欺欺人，唯一的办法，就是找到危机的源头，然后灭了它。”袁子樱眼中露出那种坚决的目光，像是要打穿黑暗，将光送到最远的尽头。

第十四章　又见死猫

2012 年 8 月 22 日　上午

唐进辉走进办公室，打开咖啡机准备犒劳一下自己。红色灯亮，咖啡豆不够了。唐进辉打开头顶的食品柜，伸手进去摸咖啡豆，却摸到一个软绵绵、毛茸茸又有点湿乎乎的东西。唐进辉眉头一皱，直接把那个东西抓出来一看，顿时倒吸一口冷气。又是一只死猫，头歪脖子斜，嘴角尽是些污秽不堪的黏稠液体。唐进辉顿时想吐，但突然响起的敲门声让他强忍着反胃的感觉，赶紧把死猫丢回柜子里，关上门，然后转身，深吸一口气强作镇静。门被推开，肖雨倪走进来。

“怎么不敲门就进来?”唐进辉的情绪很不好。

“我敲过了。”肖雨倪委屈地说。

“敲过就可以啦？不用管我听没听见？小偷敲敲门，就不算入室抢劫啦?”唐进辉下意识地瞄瞄那个柜子，门是关好的。

“唐先生脾气不小啊，是谁惹你啦?”袁子樱突然进来，笑吟吟地看着唐进辉。

"袁小姐又有何赐教啊?"唐进辉对她一向不客气，而且她这个时候进来，不知道是不是算计好的。

"没什么，我的咖啡豆用完了，知道你这里有，所以来借点应急。"袁子樱边说，边走向那个柜子。

"我的也用完了，"唐进辉赶紧用身体拦住她，"孔喻欣那边可能有，你可以过去看看。"

"她让我来你这边看的，还说你这里有什么可可粉，要不你的可可粉借我试试?"袁子樱继续往柜子走。

"可可粉也没了，我最近胃不好，医生又说我要少喝甜饮，咖啡和可可我都戒了，在这你找不到想要的东西。"唐进辉等于是在下逐客令。

"哦，那算了。"袁子樱没有再坚持，顺便看了眼肖雨倪，而后走出去。

"你也可以出去了。"唐进辉板着脸对肖雨倪说。

"可是这两份文件——"

"放下就行了，到底谁听谁的。"唐进辉只想让她快点离开，说话也顾不上分寸了。

肖雨倪心里憋屈，把文件往桌上一放，转身出去。

唐进辉赶紧把门反锁了，从柜子里拿出死猫，迅速地左右观察了一下，然后抓着死猫跑进卫生间。他把死猫丢进垃圾桶，用卷纸厚厚地盖在上面，然后打开水龙头，在手上抹了好几层的洗手液，擦得皮都要破了，来回冲了好几遍，洗得干干净净。洗完手后，他盯着铺满了卷纸的垃圾桶，不知该怎么处理。

其实，死猫对他来说，不是什么问题，随便找东西一裹，扔了就行。只是，是谁在作弄他？唐进辉紧皱眉头，好像心里什么埋藏得很深的东西，正被人一点一点挖出来。这种感觉，让他厌恶。

2012年8月22日　晚上

袁子樱在天台上等蒲天，她偷偷在唐进辉和孔喻欣办公室的柜子里放进了蒲天预备好的死猫，结果两人的反应出奇的统一。她还记得自己走进孔喻欣办公室时，看到孔喻欣那副失魂落魄的样子，柜子门还没有关严实，她站在那儿，强作镇静地看着自己。当自己提出要借咖啡豆，并直接走向那个柜子的时候，孔喻欣赶紧把唐进辉搬了出来。袁子樱看出了她的慌张，找了个合理的台阶，心满意足地离开。然后，她带着孔喻欣的“推荐”，去了唐进辉的办公室，最后同样心满意足地离开。

“还记得他们在会演厅看到那只死猫时的情景吗？”蒲天给自己点了根烟。

“我又没有计划，怎么会去注意那么多。”袁子樱讨厌地摆摆手，“你发现什么了？”

“慌张，表面的冷静掩盖不住的慌张。其实看到那种东西，害怕、惊讶、慌张，都是再自然不过的反应，如果他们害怕得连连后退甚至一屁股坐在地上，我想我都不会这么在意。可他们偏偏好像冷血动物一样，面无表情，不，应该说是故意收起所有的表情，强作镇静，这不是很奇怪吗?”

“这样说的话，那我也很奇怪啦?”

“你不一样。你冷静，是做给我看的。”蒲天转过脸看看她，“今天死猫又出现了，有了先例，他们的反应更不该是这样。”

“那正常的反应，该是什么样?”

“冲到林徽英那儿，质问他为什么还要搞这种无聊的死猫游戏，冲到你那儿，问你从哪儿找来的浑蛋教授，冲到关总那儿，让他立刻把这个危机公关小组解散，这才正常。”

“站着说话不腰疼，还有啊，这浑蛋是你找来的，跟我没关系。”袁子樱撇撇嘴。

“总之他们两个的反应都有问题，就从他们查起吧，明学文已经起疑心了，先放放再说。”

“说了半天，原来是怕明学文。”袁子樱忍不住笑起来。

蒲天撇撇嘴，好像很不服气的样子，但最后却说：“我和林徽英之后的言行难保不再露出破绽，你以后别再维护我了，我不想他连你一起怀疑。”

“我在凤凰楼七年，比他资格老多了，他怀疑谁都怀疑不到我头上。”袁子樱不屑地说。

蒲天坏坏地一笑，“怀疑有很多种的，他当然不会怀疑你在查他，不过我怕他会怀疑你爱上我了。”

袁子樱蒙了一下，差点一口气没上来，“这种垃圾笑话你居然也能说得出口，真不知道是该佩服你还是该看不起你。”

蒲天调侃道：“你这辈子还没过完，别急着下结论。”

袁子樱的脸色顿时变了，厌恶的眼神射向蒲天，之前哪怕是讽刺的笑容都完全不见了。“我好像真的说错话了哦。”蒲天知道情况不妙，自己有点过火了。

“如果我可以不恨你，就已经是奇迹了。爱你？诅咒你还差不多。”

蒲天吐吐舌头，没敢再挑衅。袁子樱略沉默了一会儿，说：“对了，你说从他们两个下手，怎么下啊?”

“假设他们两个都与毒品交易有关，那么他们之间是否有私下交流呢?”

“你是说，秘密的见面?”

“差不多。”

袁子樱思忖着说：“他们两个平时都冷面相对，井水不犯河水的样子，如果会私下见面，就真值得怀疑了。”

“现在还不是做判断的时候，而且都还证明不了他们一定与毒品交易有关，我想我们还需要多观察。”

“观察？你不是指跟踪吧?”袁子樱苦着脸。

“你说中了。”

“喂，凤凰楼范围内的调查我可以参与，但是跟踪这种事情应该由你们这种专业人士做，我说不定一上场就暴露了。”

“一天二十四个小时，有十个小时你都跟他们在一起，稍微留心下，就会有收获了。”

“这十个小时不是我和他们在一起，是所有人和他们在一起，你也是啊。难道他们会在众目睽睽之下动手脚吗？他们要秘密见面，当然是选择半夜三更或者郊区工厂之类的环境啦。”

“就像我们这样啊。”蒲天在那里臭美，“其实你不用二十四小时跟踪的，动不动约他们两个出来唱歌吃饭，如果他们同时找理由拒绝你，就是有问题了。或者时不时打个电话去查查岗，都可以听出些蛛丝马迹的。总之要善于发现细节的漏洞，线索往往就在里面了。”

袁子樱不服气地说：“那你呢？这些你都可以做的，还找我这个门外汉干什么？”

蒲天眯着眼，微微一笑，“你的资格老，又一向霸道惯了，不容易引起怀疑嘛。”

“如果我发现他们可能私下见面，我就立刻通知你，下面的事我就不管了。”

“你不是凤凰楼的护楼使者吗？这么快就学会逃避责任啦？”蒲天做出看不起她的样子。

“但我不是专业的嘛，你不怕我暴露啊？”

“你又不是警察，又怎么有暴露的可能呢？”蒲天开始咬文嚼字，“就这么说定了，跟踪行动，明天开始。”

“我一个人啊？”袁子樱还是有些担心，“我是法证部出身，不是你们罪案调查科。”

“放心，有我这个幕后指挥在，保证你无往不利。”蒲天拍拍胸脯。

“那林徽英呢？睡大觉啊？”袁子樱略有不满。

“他有他的任务，你就别理那么多了，总之以后你和我负责盯人，把那些老虎的真假一只一只摸清楚。”

“看在凤凰楼的面子上，盯就盯吧。”袁子樱终于妥协了。今天唐进辉和孔喻欣的表现还印在她的脑海里，他们，的确有问题。

“爽快！喂，今天在柜子里又发现了死猫，如果他们心里有鬼，说不定很快就会私下见面。”蒲天想到这一层后激动不已。

“今天没机会的，我刚刚才跟唐进辉说再见，孔喻欣下午就去了内地，要明天才回来。”

“那你明天就多长个心眼，看他们是不是有动静。”

“希望有吧。”袁子樱感觉有点冷了，不禁抱了下手臂。

“穿上吧。”蒲天脱下外套递给她。

“我不要。”子樱狠狠瞪了他一眼，转身往回走。

蒲天无奈地笑笑，跟踪游戏，明天就要开始了吗？

2012 年 8 月 23 日　中午

“今天是我到凤凰楼的七周年纪念日，晚上请大家吃饭吧。”袁子樱在部门会议结束时这样说，那是她的计划。

“有人旅游还没回来，人不齐啊。”唐进辉摊摊手，似乎在责怪谁。

“孔喻欣不是今天的飞机吗?”明学文替袁子樱先问了这个问题。

“是啊，明明有下午 4 点的飞机不选，要坐晚上的，估计到香港要 10 点了，难道请吃夜宵啊?”唐进辉一脸不满的样子，“肯定见完客户又在扫货了。”

“唐先生倒是挺了解情况的嘛，”袁子樱看看他，“那算了，改天再补吧。”她无意追问太多，这样就够了。

午饭时间，蒲天端着盘子在袁子樱面前坐下，二话不说塞了一大口咖喱牛肉饭进嘴里。“查过了，那个女人私自退了机票，订了一张下午 4 点的回程机票。”蒲天憋着嗓子跟袁子樱说。

“把饭咽下去再说话，都不知道你在说什么!”

“咽下去再说全世界都听见了，”蒲天一边狠咽着一边说，“他们八成就约在今天，你盯牢了。”

“喂，真的让我去啊，跟踪，我没试过，行不行啊?”袁子樱也有害怕的时候。

“哎呀，你平时的自信都上哪儿去了，怕成这样。又不是让你去杀人放火。”

“如果可以杀人放火，我第一个就灭了你。”袁子樱收拾起餐盘，转身离开，“噎死你!”

“咳咳——”蒲天觉得胸口被什么堵住了，赶紧用拳头敲了敲。

2012年8月23日　傍晚

跟踪不是好玩的。袁子樱坐上车就开始后悔了。唐进辉的车还没发动，她就紧张地把钥匙一拧，隆隆的声音先把自己给吓了一跳。幸好，唐进辉没有注意到她。让自己冷静后，袁子樱听到唐进辉发动车子的声音，刚想放下手刹，突然，手机响起来，打乱了她的步骤。是明学文的电话，袁子樱不得不接。

“干什么?”袁子樱压着嗓子问。

“你干什么？声音这么轻。做贼啊?”明学文倒是无意的。

“胡说!”袁子樱的声音大起来，“什么事?”

“请你吃饭，不是周年庆祝嘛。”他还记得。

“不是说下次再补的吗?”

“我以个人名义请你，行吗?”明学文的声音诚恳温柔，任谁听了都不忍心拒绝。

袁子樱抬头看了一眼唐进辉，他好像还在整理东西，于是她轻声地说：“今天可能不行。”

“约会，还是……什么特别的事?”明学文有些失落。

“约会吧。”袁子樱勉强地说，她看见唐进辉也不开车，心中疑惑，但好在她一时也动不了，先盯着再说。

“听起来很勉强，是借口吗?”

晕，这个明学文今天怎么发起疯来了，难道真是对自己起疑心了?“怕了你了，我有点累，想回家休息。”袁子樱没心思跟他纠缠。

“中午还说请客的。”明学文似乎有意要戳穿什么。

“因为不请了，所以中午没有休息，现在有点累。”

“那就回家吧，在你家庆贺。”

“你还真是阴魂不散哪。好玩吗？”

“其实你要拒绝我不需要理由的，今天这么不干脆，肯定是有心事。”

“有心事也跟你没关系，这是我的生活。”

“说得对，顺便告诉你一句，我已经在你家楼下了。”

“啊？”

“我等你。”明学文干脆地挂了电话，不给袁子樱拒绝的机会。

袁子樱擦擦额头的汗，打给蒲天，“我被明学文逮住了。”

“原定目标呢？”蒲天简练地问。

“啊？哦，还在 12 号车位上，不过随时可能逃跑。”袁子樱愣了一下才反应过来，这个家伙竟然用术语。

“我来吧，你去应付明学文，估计那家伙是故意的。”

“知道了……”袁子樱话还没说完，那边已经挂断了。就在这时，唐进辉的车子动起来，刚过出口拐角，另一辆车不知从哪里冒出来，紧跟而去。袁子樱似乎看见了蒲天的脸从车窗玻璃上映出来。哼，才不信他懂瞬间转移，恐怕是早就埋伏好了，让自己跟踪的话也是说来打趣的吧，真是无聊的浑蛋。袁子樱发动车子，一个大麻烦在等她。

蒲天跟着唐进辉到了一家没什么客人的茶馆。可能是下雨的关系，光线比较差，他勉强能看到两人坐到了靠窗的位置，而且很快放下了窗帘。服务员在他们桌前待了一会儿就走开了，蒲天的视线跟着服务员走，很快她的手上多了一个托盘两杯茶。蒲天背着身子走过去，撞了她一下，趁机迅速地将窃听器贴在了杯底，然后连声道歉，跟着匆匆躲到茶馆的一个角落里，戴上耳塞。

“你是什么意思？事情不都已经过去了吗?!”是孔喻欣的声音。

“你问我？我还要问你呢！说起来是我帮了你，你这么做，未免太过分了吧?”唐进辉振振有词。

“我过分？我担惊受怕的，我还过分了?”

“扔那么大只死猫在我的柜子里，这算什么，圣诞礼物啊?”

“你胡说什么！明明是你把死猫放进了我的柜子，你这么说就是颠倒黑白了。”

“等等，”唐进辉发现不对，“你的柜子里，也有死猫?”

“不是我的难道还是你……”孔喻欣也突然闭嘴，“喂，你是说你的柜子里也……”

唐进辉点点头。

“怎么会这样?”孔喻欣比之前更惊慌了。

“看来是有人要跟我们两个人作对了。”唐进辉警惕地四周看看，不过他是瞎看，纯粹心理作用。

“我们两个？哼，要钱没钱，要权没权，谁会盯上我们？再说也不可能啊，那件事只有你跟我知道。”

“我反正是把它烂在肚子里，”唐进辉看着孔喻欣，“拿人钱财，替人消灾嘛。”孔喻欣转过脸去。

“你确定，再没告诉过别人？”唐进辉不死心。

“撞死人这种事，谁会白痴到四处宣传！”孔喻欣黑下脸，说道。

“那倒是，如果不是被我撞到，你至少可以少奋斗五年，谢谢了。”唐进辉笑得猥琐。

“浑蛋！”孔喻欣骂道。

“你可别这么说，调过头来想，如果当时的目击者不是我，你就不光是要多奋斗五年这么简单了。”唐进辉洋洋得意地喝了口茶，“言归正传，那只死猫明明是做了那个老太婆的陪葬，怎么会又出现了呢？难道，还有别人知道这件事，想要吓唬我们，勒索我们？”

“不会吧，事情都过去那么久了，现在才来勒索？也许有人搞恶作剧，只是碰巧选了一只死猫……”

碰巧！蒲天真想冲上去把他们两个人狠揍一顿。浑蛋，浪费我的时间！真是便宜交通组的同事了，等事情了结，我就把这两个肇事逃逸、勒索、私自处理尸体的家伙给你们送过去。哎，要不是我的窃听器还粘在杯垫上，我才不在这又黑又闷的地方待着呢。蒲天想到了袁子樱，明学文那个家伙，不知道又在给她制造什么麻烦，这个人，绝对有问题！

第十五章　分道扬镳

袁子樱在家楼下没有看见明学文，半松口气半疑惑地上了楼，很不如意地看见他堵在了家门口，手上大包小包的，不知是些什么东西。“你真没必要过来给我搞什么庆祝。”袁子樱没有心情应付他，连门都不开就想把他打发了。

“我来看看你的生活，看看是不是跟以前不一样了。”明学文就是不走。

袁子樱心里颤了一下，“会有什么不一样？哎呀，你走吧，我真的累了，想休息休息。”

“你还没吃饭吧？”

“我不饿。”

“那你用手摸着胃干什么？”明学文知道这是她的习惯，饿得难受的时候，就会用手轻轻抚摸胃部。

袁子樱条件反射般把手抽回，“别弄得你很了解我似的。”

“我原本就是了解你的，倒是最近，我越来越不了解你了，”明学文说，“你变了。”

“跟你有关系吗？”袁子樱摆出不耐烦的样子。

“跟方世遥有关。”明学文知道她不是那个意思，却借她的话说了自己的意思。

“喝多了吧你？”袁子樱阴下脸来，“过你自己的生活就好，不要管别人的闲事。”

“你不是别人。”明学文认真地说。

“这个话题到此为止，”袁子樱受不了他用这种节奏和情绪说话，“你想说的不是这些，时间不对地方也不对，扔下七年的东西要再拿起来，这不是你。你到底想说什么？”

明学文吸一口气，“如果你需要人陪，不要找方世遥。”袁子樱的目光有些冷漠，换了个站姿，等他继续说下去。“你们最近好像走得很近，我很担心，我觉得这个人来历不止。”

“你想多了。”袁子樱冷淡地说。

“子樱，想个办法让他走吧，”明学文竟然这样说，“我知道，你有办法的。”

“有需要的时候，我自然会有办法，”袁子樱拿出钥匙打开门，“但我看不出在方世遥的身上，有这么做的必要。”

“你是真的被他蒙蔽了吗，子樱？”明学文走到袁子樱面前，很认真地看着她，那种表情像是要把心肝脾肺肾都掏出来让她看个清楚，“还是你清楚知道，而且默认了他的所作所为。”

“你什么意思?”袁子樱努力控制着心中的惊慌，摆出一副镇定自若的样子。

“我观察你和方世遥很久了，你们对彼此的态度都和你们对待其他人的态度完全不同。我可以肯定你们以前就认识，可你们却在努力隐瞒这一点，为什么，你跟方世遥的关系到底会暴露什么你们不愿意让人知道的秘密？我原以为是感情纠葛，但是后来我改变了主意，因为，我想到了你过去的职业。”

“我过去的职业?”袁子樱明显吃了一惊，但很快镇定下来，“我好像没有告诉过你我过去的职业。在凤凰楼，只有董事长知道我的过去，但他承诺过，不会告诉任何人，相信其中也包括了你，所以无论你听到什么，都不会是真的，就更不要再做其他的联想和揣测了。”

“西九龙警局法证部化验员。”明学文竟然直接说了出来，“存心要隐瞒，就要彻底忘记，简亭的死，让你动用了曾经的身份，我亲耳听到你和那个法医在地下停车库的对话，相信那不会是假的。”明学文故意停了一会儿，见袁子樱始终不吭声，继续说:“我不想点破方世遥的身份，毕竟那还有很多的可能性，但我有一点可以肯定，方世遥来凤凰楼肯定是另有目的。”

“你的想象力真是太过丰富了，”袁子樱冷冰冰地说，“我和方世遥之间没有任何除同事以外的关系，他是关总请来的人，我不会也不想去质疑关总的决定。至于我和方世遥对彼此的态度，也许是气场相互作用的缘故，如果你愿意，可以解释为缘分。”

明学文眯起眼睛，走近一步，“你不要太相信他，小心他害了凤凰楼，毁了你的心血。”袁子樱没有吱声，明学文不再说什么，径直走进房间，把两大袋东西放在厨房的餐桌上。这时，只听外面传来砰的一声，袁子樱甩上了门，一个人走了。明学文感觉到孤独的气息在身边游荡，他没有去追，只是在桌边坐下，从袋子里拿出超市里买的牛排、龙虾、沙拉，看着它们，露出无奈的微笑。

2012 年 8 月 23 日　晚上

蒲天在家门口看见袁子樱的时候，第一感觉，就是事情砸锅了。明学文不是个简单人物，他后悔自己让袁子樱一个人去应付那样狡猾的人物。狡猾，这是他对明学文的判断。其实袁子樱并没有惊慌失措，她很安静，没有一点焦躁不安的痕迹，只是她眼中的绝望与痛楚，让蒲天感觉到失败的信号。窗台的风很大，袁子樱的风衣被风吹起，越发显得她单薄。

“怎么了?”蒲天问。他找不到其他的开场白。

“是我的错，我不该把过去的身份放到今天来用，不该和晨曦在凤凰楼里进行那样一段对话。我应该彻底地忘却，忘却每一个人，每一件事。”袁子樱瑟瑟发抖，她的话中充满了忏悔。

“你……见过晨曦了?”蒲天也颇为意外。袁子樱把简亭的事情简述一番，蒲天听后不但没有生气，反而欣慰地笑了，“我现在更加相信，你是会回来的了。”

“现在还说这些干什么，明学文已经不是怀疑了，而是肯定了你的别有用心，而且警告我，别那么相信你。”袁子樱有种走投无路的感觉，连声音也飘起来。

蒲天沉默了片刻，“照他说的做吧，离我远远的，退出这个计划。”

袁子樱惨淡地笑了笑，转过身，抬手给了蒲天一个响亮的巴掌。时间在那一刻静止。“如果他真的做了对不起凤凰楼的事，我一定会一查到底。我不会退出的——”

“子樱——”蒲天想制止她。

“请你退出。”袁子樱坚持把话说完，眼睛红红的，但没有哭。

蒲天愣住，他没想到袁子樱会以这种方式终结他们两个人刚开始就要结束的合作。“这不可能，这是我的任务。”蒲天表明立场。

“难道你还不明白吗，现在最危险的就是跟你在一起。”袁子樱后退一步，想用刻意拉开的距离表明自己的心意，“明学文还想争取我，这是个机会。”

蒲天一愣，脸上紧绷的肌肉渐渐放松，继而又渐渐紧绷。

2012 年 8 月 24 日　上午

睡了一觉，袁子樱的心情似乎更沉重了。昨夜回到家里的时候，明学文早已没了踪影，亮灯的电饭煲冒着热气，新鲜的榨果汁摆在桌上，空气中都是香甜的味道，她却没有一点胃口。她简单地梳洗，刻意在脸上留下一些仓促的痕迹，飞快地驾车好让自己的心跳真实地加快节奏，最后带着一股酝酿已久的怨气，冲进明学文的办公室。

“其他人都出去！”她大声地说，面对所有人，包括正在汇报工作的唐进辉和孔喻欣。

明学文摆摆手，大家都自动退出去。“没睡好吗，这么大脾气。”明学文慢条斯理地说。

“这是什么？”袁子樱将一个小玩意儿扔到明学文身上。

明学文伸手抓住，拿到眼前一看，是枚长得跟纽扣差不多的东西。“窃听器？”明学文朝袁子樱瞅了一眼，她露出不屑的神情，似乎在耻笑明学文明知故问。明学文没有立刻说话，等着袁子樱慢慢把气喘匀，等着她的心情逐渐平复到可以认真听清楚自己说的每一个字的时候，他开口了，“这不是我放的。”

啪的一声，袁子樱一掌拍在桌子上，“除了你，没有第二个人进过我的家门，你以为把窃听器藏在微波炉的底盘下面我就找不到吗？我运气好，插错电弄得微波炉短路，这枚纽扣恰好掉了出来，我想因祸得福说的就是我这种吧。”袁子樱讽刺地一笑，“我想你也不会那么好心给我过什么周年庆祝吧，但是今天真的很值得庆祝，因为你终于连我们最后一点情分都不顾了。”

“我没有骗你，”明学文的头脑似乎还很清醒，“你也不想一想，我有什么理由要监视你？”

“也许你从未甘心过，七年前我放弃了你，你一直忍耐到今天，不是因为你有耐心，而是因为我的身边再没有第二个走近的男人，现在方世遥不过是做了我的上司，跟我有了那么一点点工作之外的接触，你有必要这样不择手段吗？”

“为什么一定是我？”明学文痛苦地说，似乎受了极大的委屈，“不能是其他人？”

“你又想说方世遥……”

“我不知道，”明学文摊摊手，表示他的无辜和内心的坦然，“可能是他，也可能是其他人，但我保证，不是我。你说除了我再没有别人进过你的家门，你真这么肯定？现在的贼和兵技术都不错，破门而入再帮你锁上，就像密室作案一样，对我们来说是不可思议，对他们就是家常便饭，也许窃听器就是趁你不在的时候偷偷放进去的，却要我来做替罪羊。”

袁子樱身体前倾，伸直手臂撑住桌子，厌倦地说：“别再编故事了，我不会相信的。无论如何，我相信方世遥不会这样对我。”说完，她坚定地转身离开，微微扬起的手臂碰倒了台灯，哗啦一阵响，台灯整个摔在地上，零件掉出来，其中的一个小东西也是纽扣的形状。

明学文微微惊讶，弯下腰捡起那枚纽扣，死死盯着很久很久，慢慢抬起头，对愣神的袁子樱说：“我也被窃听了……这下你该相信我了吧？”

袁子樱蹲下身，抬起明学文的两只手，把两枚纽扣放在一起，一样的型号，编号也只差了一位数。“不，这不可能……”袁子樱摇着头，“他说过他相信我的，他怎么能这样?”

“子樱,”明学文抓住袁子樱的肩膀，“方世遥到底要干什么?”袁子樱抬起头，动了动嘴巴，终究没有说一个字。“你还要护着他?”明学文心痛地说，“算了，我不逼你，既然他在我这里安了窃听器，我们刚才的话，恐怕他已经都听去了。已经到了这一步，你不如就去问他个明白，之后你要如何选择，随便你。”明学文吃力地站起身，把台灯捡起来放到桌上，叫人进来收拾。袁子樱站起身，把两枚窃听器紧紧攥在手里，转身走出办公室。

好在袁子樱到底是修炼过的，很快让自己恢复了平静。不知道是不是凑巧，蒲天一整天都没有在酒店出现，纵然袁子樱有满肚子的疑问，暂时也发作不了。

2012年8月24日　晚上

所谓祸不单行，袁子樱要回家时发现好好的车胎居然被扎破了。袁子樱打开后备箱，才发现连备胎也是坏的。她本能地掏出手机，却不知该打给谁，犹豫片刻，她拨通了孟萧萧的电话。萧萧飞来救驾，两个人干脆就在外面找地方吃饭了。

“听说你今天早上怒气冲冲地闯进学文的办公室，还把里面的人统统赶了出来?”萧萧装作不经意地问。

“又不是第一次了，关总那里我也闯过，怎么，有人拿出来做文章啊？”袁子樱也是毫不介意的样子。

萧萧喝了口柠檬水，“公司里总有这样的人，就当是娱乐自己好了。”

“那倒是。”袁子樱拿起刀叉，在牛排上划拉，下刀又快又准。手机响，袁子樱朝来电显示瞄了一眼，迅速把电话按掉。

“怎么不接啊？”萧萧问。

“无聊的人。”袁子樱把手机拨到一边，继续吃饭。

“又来了。”萧萧看着发光的手机屏幕说。袁子樱又按掉，顺便关机。萧萧吐吐舌头，“要不要这么绝啊？”

“还不知道是谁绝呢。”袁子樱一刀下去，牛排成了两截。

电话是明学文打来的，袁子樱一直没有接，她从洗手间出来的时候，听见孟萧萧在偷偷地给明学文打电话，大概是在通风报信吧。袁子樱没有戳穿，吃完饭后让孟萧萧送自己回家。明学文没有在楼下等，是放弃了，还是没有到？袁子樱和孟萧萧告别，走到家门口，费力地将门锁打开，一脚迈进去，忽地被眼前的黑影吓了一跳。“你怎么在我家里？”袁子樱一下紧张起来。

“我在天台等你。”蒲天说完，出门上楼梯。

袁子樱不动，“我累了，不想说话。”

蒲天停下来，突然伸出手拉住袁子樱的胳膊，将她拽上楼去。“你干什么?”袁子樱想要挣扎。蒲天不回答，拉着她直上天台。迈上天台没几步，袁子樱就甩开蒲天的手。风从天台最远的边界吹来，让袁子樱的头脑清醒不少。她安静下来，质疑道：“你怎么进来的?”

“我有钥匙啊。”蒲天很轻松地说。

“你怎么可能——”袁子樱刚问出口就觉悟了，“真的是你，是你在监听我，还有明学文?”

蒲天并不否认，只说：“每种职业都有自己的特点——”

“你的特点就是带着对我的怀疑来骗取我的信任，哼，难怪他让我离你远点，”袁子樱拿出那枚纽扣，“看来，我对你也不能放心。”

蒲天用手指搔搔鬓角，“我知道他找过你，你也找过他，想不到你这么快就被他说服了。”

“那也要感谢你，”袁子樱戳着蒲天的胸口说，“是你自己做的事让他的话更有说服力了。”

“不管我做什么，都是希望真相能够水落石出。”

“真相是我没有杀匡雄伟。”

“那明学文呢?”

“可笑!”袁子樱露出荒诞的笑容，“你怀疑他为什么要把窃听器放在我家，你不会愚蠢地以为他会在我这里自首吧?”

“也许会有蛛丝马迹。”

“难道我不比窃听器更有用吗?是我主动要查这个案

子的，如果你怀疑我有阴谋就别跟我合作，现在表面上跟我站在同一战线，私底下又调查我，这算什么意思？你知不知道，就因为你搞的这些小动作，让我和明学文的距离越来越远。”

蒲天冷淡的表情一下子变了，“说来说去，你是怪我让你和明学文疏远了。”

“我当然要怪你，现在我完全无法取信于他，更不要说是帮你调查。”

“你根本就不想查他！你最希望他是无辜的，这样你就不用在你的良心和感情之间徘徊。”

“我希望凤凰楼所有的人都是无辜的，我希望匡雄伟的死就是一场意外。”袁子樱大声地喊着，忽然，她沉静下来，用似要望穿一切的目光盯着蒲天，“也许真的就是一场意外，调查匡雄伟的死根本就是你说服我帮你隐瞒身份的幌子，呵，事到如今你的企图我真的不敢判断了。其实你们做卧底应该很隐秘才是，为什么要让我知道这么多？你所谓的案子也许是真的，但仅仅如此吗？是不是凤凰楼里除了我，你还有其他的暗哨，你把我拖下水，是不是还有其他的理由？”

“我就这么不值得信任吗？”蒲天的表情有种要放弃世界，又或者被世界放弃的味道。

袁子樱一下沉静下来，“对一个曾经欺骗过我，欺骗过我八年的人来说，是的。”

蒲天垂下了头，很懊恼却又无奈地说：“子樱，那件事已经过去了。”

“本来是的，但是现在，我要再看清楚一些。”袁子樱像是下定了某种决心，从包里拿出一张照片，送到蒲天的眼前。蒲天愣了一下，迷惘的眼神出现了一瞬随即变成了惊惶。“这张照片本来是无意中夹在了一堆文件里的，我在把文件碎掉的时候，它掉了出来。八年前的事，我当你是身不由己，我现在想问的是，那天我下飞机后被海关扣住，到底是我运气差，还是有人存心不想我回酒店看到他？”袁子樱等着蒲天回答，蒲天却始终沉默，袁子樱冷笑一声，“看来我没有猜错，真的是你。你为了守住胁迫我的筹码就用那样卑鄙的手段来设计我，这就是你对八年前的事做出的补偿吗？”

“这是两码事。”蒲天搓着脸，无力地辩驳着。

袁子樱冷漠地看着他，“一次欺骗就足以让人一生不再被人信任，何况你还欺骗过我两次，甚至更多，所以，我绝不再轻易相信你。说，除了调查匡雄伟的死，你来凤凰楼到底是为什么？”

蒲天沉默了很久，说：“对不起，子樱，我不能告诉你。”

“对不起，我们没办法合作了。”袁子樱把照片撕碎，扔在蒲天身上，那些碎片像风中飘舞的大片雪花，却远没有雪花来得美丽，只有那份冰冷的感觉，在夜空中弥漫。

第十六章　局中之局

天开始下雨，窗玻璃上划出一个又一个的圆晕，模糊了视线。萧萧在雨中开车，手机贴着耳朵，“原来他们八年前就认识了，而且还有一段我们所有人都不知道的恩怨。”

“陈年旧事最会影响人的判断，算了，一切都无可改变，但至少我心中的疑问有了答案，也算是尘埃落定了。”明学文的声音从电话里透出来。他没想到袁子樱和方世遥之间竟然有一个关于欺骗的故事，尽管不知道故事的细节，但心情的复杂仍让他的心乱如麻。

“我看他们今天这个样子，是彻底闹翻了。”

“希望是这样。”明学文挂了电话，叹口气。尘埃落定？怎么可能？方世遥的出现远没有我们看到的那么简单。不过萧萧，这与你无关。

萧萧回到家，给自己泡了杯咖啡，靠在沙发上。尘埃落定？怎么可能？方世遥和袁子樱之间，绝对不是私人恩怨那么简单。学文，他们在调查你，调查匡雄伟的死，你是知道，还是不知道？

袁子樱整个人靠在沙发上，如同累得几辈子都没睡过觉似的，身体像被抽去了支撑的骨架，瘫软着，而紧闭的双目间，眉头还微微皱着，诉说着内心的疲倦，或是痛苦。“我在天台等你。”这是她和蒲天之间约定的暗号，一旦蒲天说出这句话，就说明明学文正在跟踪监视他们，那他们正好可以按照剧本演一场决裂的戏，这就是她向明学文靠拢的第一步。

电话来了，袁子樱苦笑着接起，是蒲天的声音，“我们在天台说的话，已经被偷听了。”

“这不是我们所希望的吗？”袁子樱抬头看看被雨水冲刷的玻璃窗，“其实我在餐厅听到孟萧萧给明学文打电话，就预感今晚会是个机会。成功了。不枉费你用电脑合成了那张已被我烧成灰烬的照片，没想到，我极力隐瞒的过去，就以这种方式被他洞悉。蒲天，如果最后证明了不是他，我会恨你的。”

蒲天沉默了一下，“偷听的不是明学文，是孟萧萧。”

袁子樱一下子坐起来。蒲天继续说道：“其实明学文是我故意引来的，而林徽英是跟着你的。你没到之前，明学文突然离开了，我不确定他是不是真的离开了，就继续等，结果你回来了，而且就在你上楼梯的时候，林徽英突然通知我，按计划进行。我原以为是明学文杀回来了，刚才和林徽英通了电话才知道，跟踪我们上天台的，是孟萧萧。”

“我知道了。”袁子樱挂掉电话，在黑暗中坐了许久，打开灯，明亮的眼神将之前的阴霾一扫而光。萧萧，她的出现到底是偶然还是刻意？难道她也跟这件事有关？还是她被明学文拉了进来，充当无辜的棋子？嘟嘟，电话响。袁子樱有预感是谁，一看屏幕，果然是他。

“怎么还没睡？”明学文的声音飘出来。

“你又监视我？”袁子樱在沙发上躺下。

“没有，我只是关心你。”明学文的声音有些干涩，“相信我，那个窃听器真的不是我放的。”

“窃听器我已经扔了，不管是你们谁都好，不应该再介入我的生活。”袁子樱闭上眼睛，声音显得十分疲倦。

“子樱，”明学文的声音听起来很焦躁，“我怕你受伤害。”

“你是想说方世遥吗？”袁子樱的嘴角挂着残缺的笑意，“我跟他已经没有任何关系了，所以你不用担心。”

“他还是凤凰楼的人。”

“明天开始就不是了。”

“什么？”

“你说过，我如果想让谁走人，易如反掌。”

明学文迟疑了一下，“是发生什么事了吗？”

袁子樱心寒地一笑，明知故问，他果然时刻都在演戏，“别问了，我不想再提他。”

“那会议会展部部长的位置……”

“我知道你的担心是什么，放心，我会向关总建议，由你兼任，这样就不用怕第二个方世遥混进来了。”

“子樱，你终究是了解我的。”明学文的声音夹杂着一丝暖流，好像坚硬的冰山开始慢慢融化，“那……”明学文犹豫了片刻，“林徽英呢?”

“林徽英?原来你连他也一并怀疑了。”袁子樱无力地笑笑，“他就算了吧，一来，他的身份我还不能确定；二来，他只不过是客席顾问，就算真的是方世遥的同党，也不能怎么样；三来，危机公关的事情才刚刚起步，一下子就裁掉两个关键人物，会引起不必要的猜测。再说，如果他们两个都走了，我们反倒失去了他们的线索，留着他，更好控制。”

“子樱，你清醒的时候，真是让人害怕。”明学文停顿了下，“子樱，如果今天你没有发现台灯底下的窃听器，你是会信我，还是信他?”

袁子樱迟疑了，没有立刻回答。明学文知趣地暗自一笑，“这个问题，其实是问你内心的期望，看来在你心里，不希望我和他之间的任何一个人骗你。我从来也不知道，他在你心里已经有了与我同样的分量。我忽然很想知道，你们之间究竟有怎样的一个故事。”

“我和他没有故事，”袁子樱反驳得很快，“怀疑也好，相信也罢，无论对你还是对他，都不与任何故事相干，我为的，只有凤凰楼。”

“何必把自己说得这么无情。”

“我本来就无情，否则也不会造成今日的局面。”

“我知道你不是。”明学文笃定地说。袁子樱沉默。明学文微微一笑，连声音都有了些温度，“没有人比我更了解你，虽然看上去你跟七年前不一样了，但只有我知道，你还是你。”嘟嘟——那头突然传来电话挂线的声音。明学文淡淡一笑，袁子樱的回避，就是她的脆弱在绽放。

2012 年 8 月 28 日　晚上

方世遥辞职了，连同他的私人物品一天之内从凤凰楼里消失得干干净净。然而，关天赐并没有像子樱预料的那样，让明学文接手会议会展部，而是正式聘用了林徽英，由他接替方世遥，实在让人跌破眼镜。为了这件事，关天赐特意找了子樱和明学文谈话，说这是方世遥临走时的建议，他觉得好，就采纳了，让子樱不要因为她的建议不被采纳而介意，更让明学文不要多心，将来他的机会远多于林徽英。关天赐把这件事视作纯粹的人事调动，还亲自安抚，让袁子樱和明学文无法反对。而偏偏就是这个决定，让明学文坚信林徽英就是方世遥的同党。

夜幕降临，凤凰楼的行政中心差不多“人去楼空”，明学文把自己锁在办公室，一根烟接着一根烟地抽。方世遥走了，林徽英来了，凤凰楼的困局依然没有解决，而对付林徽英，不能再让袁子樱出面了，也不能再利用萧萧了，她们两个，离这个林徽英越远越好。可林徽英偏偏是坐方世遥的位置，那是他们设计过的，一对阴魂不散的家伙。明学文焦灼地在办公室里来回踱步，消耗了整个夜晚。

与此同时，袁子樱和萧萧正在逛街。两人经过一间旧式的咖啡屋，袁子樱说要不进去坐坐，萧萧点头说好。两个人各要了一杯蓝山咖啡，一个果盘。袁子樱说了些以前在国外的见闻，萧萧听着，听着，听着……

咖啡屋的后门，两个男人喝着矿泉水，似乎在等人。

“不好意思，终于等到她睡着了。”话音划开黑夜的笼罩，让两个男人终于露出一点笑容。

“怎么样，明学文现在相信你了吗?”说话的是林徽英。

“我不敢保证什么，但至少，他向我坦白了对你的怀疑。”

“我们两个隐藏得这么好，却第一时间就被他怀疑，当真是做贼心虚。”蒲天气呼呼地说。

“不过萧萧的出现我很意外，我现在连她也要防了。”袁子樱无奈地说。

“希望她也是被明学文利用，这样你们可以继续做好姐妹。我最怕看到的，就是案子查到最后，会是不堪的真相。”蒲天说到这里，为难地看着子樱，“有件事本来想瞒着你的，但想想还是算了，免得将来被你知道了，又要加我一条知情不报的罪。”他深吸一口气，严肃地说：“国际反毒品组织曾经往最大的毒品集团安放过一个线人，这个线人又以毒品集团香港执事人的身份来到了香港，她就是

“这样的玩笑可不好开，”黎佑铭勉强地笑着，“我年纪大了，夫人也去世多年，家人都在国外，早晚我也是要回去的。其实这几年，我基本都不在香港，凤凰楼的事我几乎没有操过一点心，真是个不称职的董事长啊。这几天我在想，是不是该把凤凰楼交给更合适的人打理，香港有不少老朋友都有收购的意向，而且表示，凤凰楼的管理层都由我决定，十年内不做变更，这样，我也好替你们安排啊。”

“董事长言重了，我们能跟着董事长这么多年，已经很满足了，无论凤凰楼今后由谁执掌，只要有能用得到我们的地方，我们一定竭尽全力。只不过，我始终认为凤凰楼最合适的主人就是董事长您，您相信我们，赏识我们，理解我们，这才是我们能够管理好凤凰楼最重要的原因。”

“哈哈……”黎佑铭开怀一笑，“学文啊，你就是会说话，当初关天赐挖你过来，是他这个总裁做得最对的一个决定。子樱，我这样夸学文，你可不要吃醋啊。”

“董事长说哪里话，您夸谁我都不会吃醋的，但是您要离开凤凰楼，我会舍不得的。”袁子樱这句话从心里说出来，酸涩的滋味只有她自己才知道。

“你要是舍不得，就和我一起离开凤凰楼，只怕那样，你会更舍不得吧。”黎佑铭慈祥地看着袁子樱，“这件事我还没有最后决定，你也不要往心里去，就算我真的要走，也会把一切都安排妥当的。好了，回去吧。”说话间，三人已走到墓园门口。“子樱，我还有点事，你不介意让学文送你回去吧。”

“当然不介意，董事长慢走。”袁子樱送黎佑铭上了车，自己坐上明学文的车。

回去的路上，袁子樱一直心事重重的，一句话也不说。明学文打开音乐，调到合适的音量，袁子樱却把它关了。明学文担心地说：“别想太多，董事长不是说了吗，还没想好呢。”

“他能提出来，已经有八九分确定了。”

“就算是真的，我们也只能尊重他的选择。”

“其实夫人去世的时候，我就知道会有这一天的，没想到来得这么快。”

“夫人已经去世九年，其实董事长已经很眷顾凤凰楼了，如果是我，心爱的女人离开了，我可能一分一秒都不愿意留在伤心地。”明学文看向袁子樱，“你见过夫人吗？”

袁子樱点点头，“她是前任的接待组组长。”明学文露出一副恍然大悟的表情。“从凤凰楼传到她丈夫手里开始，她就一直掌管接待组，凤凰楼这么多官商名流的关系圈，就是在她手上发展起来的，也是因为如此，接待组有了超越其他同等级部门的特权，我在凤凰楼的地位，也是得益于此。可惜好景不长，人都说刹那芳华，我万万没有想到，夫人的流光溢彩真的那样短暂。”

“夫人是病逝的吗？”明学文似乎真的一无所知。

袁子樱摇摇头，“九年前，夫人突然死亡，对外宣称是心脏病发抢救无效，但其实不是。”

“那应该是什么？”明学文皱紧眉头，满眼迷茫。

“谋杀。”

明学文一时没出声，过了片刻，低沉着声音问：“谁干的？”

“查不出来，”袁子樱低下头，“永远成了一个谜。”

“子樱……”如果不是在开车，明学文真的想伸手抱抱她。

“好了，不说这些了，”袁子樱适时地收拾心情，“说说你吧，当初怎么会决定来凤凰楼的？应该不是为我哦？”

明学文摇摇头，“你觉得是什么原因？”

“高薪厚禄？我听说是关总亲自出面挖你过来的。”

“没错，他是亲自出面的。”

“那董事长呢？”

“董事长？”

“你们之前就已经认识了吗？我感觉你们像是老朋友，认识了很久的那种。”

“再久也不如你久，”明学文把话题抛回来，“你知道的事，我都不知道，我看其他人也不会知道。”

“他看着我长大的，这不算什么秘密，只是我不喜欢张扬。”袁子樱并不隐瞒，反而好奇地看着明学文，“你呢，在你来凤凰楼之前，我从来没见过他如此信任一个人，除我以外。倒着想回去，我都怀疑当初拉你来凤凰楼的不是关总，而是董事长呢。”

“你说对了，”明学文居然认可了她的怀疑，“我来凤凰楼，不是因为关天赐。”袁子樱怔了一下。

“当年我们分开后，我很快去了国外，我和董事长是在飞机上认识的。当时我并不知道他是凤凰楼的董事长，我们很谈得来，彼此留了联系方式，当时我跟他说，我打算在国外定居，也许是这个原因，他觉得没有必要让他身边的人知道我的存在。”

“可你最后还是回来了。”

“那是因为萧萧……”

“等等，”袁子樱听到了让她意外的名字，“萧萧？不是她跟着你回来的吗？”

明学文摇摇头，“关天赐想要挖的人是萧萧，我是被萧萧硬推上位的。”

“怎么会这样？”袁子樱是真的惊讶。

“你听到的所谓我拿萧萧做条件跟凤凰楼谈判的故事，其实是正好颠倒的。关天赐想让萧萧进凤凰楼，他亲自跟我谈，希望我能够支持萧萧，但是又不愿意萧萧有负担，就想借我的名去说服萧萧。我私底下试探过萧萧的意思，她却说想一直跟着我干。我知道萧萧在香港没什么朋友，让她一个人回来也不现实，就采用了凤凰楼邀请我的说法，萧萧也信了。而且后来我发现凤凰楼的董事长就是我在飞机上认识的朋友，一切也就顺其自然了。”

“别说那么复杂，”袁子樱像听天书一样听完整个故事，终于没忘记抓住最重要的信息，“也就是说，关天赐想要拉进凤凰楼的人从一开始就是孟萧萧，而你是因为许多个机缘巧合，才会进入凤凰楼而且坐上会议会展部部长的位置，是这个意思吗？”

明学文点点头，“怎么了，有什么问题吗？你怎么突然这么严肃？”

“我只是很奇怪，孟萧萧在会议会展行业根本就没什么名气，关天赐怎么会找到她呢？而且还为了让她进凤凰楼，宁愿再搭上一个你，或者说，是搭上一个会议会展部部长的位置，我没有见过这么挖角的。”

“我也没有见过，不过感情这种东西呢，很难用逻辑去解释的。”

“感情？你说关天赐？”袁子樱更震撼了。

“关天赐没到凤凰楼之前，曾经在加拿大的 HIGH TOP 酒店挂职过一段时间，我和萧萧就在那里工作。”

袁子樱露出感觉这个世界有点荒谬的表情，“他不会告诉你他喜欢萧萧吧？”

“嗯……我感觉他是这个意思。”明学文像是把答案在脑子里过了好几遍才说出来。此时，他注意到袁子樱的表情在变化，关切地问：“有问题吗？”

“没有，只不过，比较意外。”袁子樱表面平静，内心早已激起千层浪。“哦，谢曼君那件事，你听过就算了，我不想再有别人知道。”

“我明白。”明学文认真地点点头，目光诚恳得看不出一点假。

第十七章　意想不到

2012 年 8 月 29 日　晚上

袁子樱把消息带给了蒲天，他听到这个消息的时候没有出声，沉默了很久。

“怎么了，有新的线索，反而情绪低落了？”袁子樱捧着苹果在一旁坐下。

“你不认为明学文是在故布疑阵吗？”

“那你是说，他已经发现了我的企图，所以故意把矛头指向萧萧？”袁子樱扬起头，“他不会的，因为只要我向董事长求证，他的谎言就会不攻自破了，如果他是在说谎的话。”

“他说的未必是假话，只是容易让我们产生联想。”

袁子樱啃了口苹果，“如果他说的是真话，那萧萧就更有问题了。”

“大名鼎鼎的关天赐和锋芒毕露的凤凰楼，硬要拉一个名不见经传的孟萧萧进来，还赔上一个会议会展部部长的位置，这种不符合逻辑的行为自然是值得怀疑的，可是明学文也说了，关天赐喜欢孟萧萧，所以才会头脑发昏做有了主意。

2012年8月30日　上午

袁子樱照常走进凤凰楼，照常走进电梯，照常走进人事部去拿新一个月的考核表，却听到一个令人“意想不到”的传闻。

“你知道吗？原来关总想要挖的人是孟萧萧，不是明学文。”

“啊？那怎么最后变成明学文啦？”

“董事长不答应吧，那个孟萧萧既没有资历，又没有名气，让她做谁能服气哦！”

“可是她跟明学文不是很要好吗？”

“谁知道怎么回事？本来不是还传说是明学文硬要留她在凤凰楼的吗，估计是关总想出来遮人耳目的。”

“那也太乱来了吧。不过话说回来，这个孟萧萧什么来头啊，居然让关总这么上心。”

“男女之间，哪有什么来头不来头的。”

“可明学文不是调去公关部了吗，方世遥也辞职了，两次机会，她都没上去啊？”

“你当董事长是盲的啊，心里可清楚了，再说了，反正人在凤凰楼，坐什么位置，还重要吗？”

听着一群“三八”在那儿飞短流长，袁子樱已经彻底无语了。蒲天，这就是你的打草惊蛇吗？

虽然觉得很幼稚，但这条蛇确实被惊动了。上午的一小时危机公关课程，孟萧萧始终表现得局促不安。当然，窃窃私语的人不少，但这却是最好的托词不是吗？袁子樱的目光始终落在萧萧身上。关天赐同性恋的事除了我应该没人知道，大家都往那个方向猜，对他们两个来说百利而无一害才是，毕竟男女私情只是道德污点，贩卖毒品才罪大恶极。

“作为危机公关专家，有三个武器不能离身，手机、名片、话筒。”林徽英有模有样地上课，“手机，代表信息的沟通，”他走到孟萧萧身边，随手拿起她放在桌面上的手机，“可以是我们平时最常用的这种，也可以是对讲机、或者内线电话，目的是在第一时间在凤凰楼内部达成统一的信息认知，包括通知相关人员到位，处理危机，也包括通知高层，尽快得到决策，以引导下一步的措施。考虑到人员的流动性，我建议使用对讲机与手机，确保消息的传达率，同时提高远程通信的灵活性。”林徽英说着，把手机还给萧萧。

后面的内容，袁子樱都没有听进去，其实从一开始她就不是来听课的。她盯着萧萧的手机，从桌面上到林徽英的手中，又回到桌面上，她不相信这是巧合。果然，课程结束没多久，袁子樱就接到消息，关天赐约孟萧萧见面了。跟踪的事自然由蒲天负责，他现在比之前自由多了，但相信他能这么快掌握两个人的动向，林徽英功不可没。

2012年8月30日 下午

真不知道为什么所有有秘密的人都喜欢在茶馆里偷偷会面，因为灯光够暗吗？但通常我都不喜欢偷看，而是用偷听。蒲天暗暗想。他用老办法将窃听器粘在杯垫上，然后躲在一个更加阴暗的角落，等待秘密的揭晓。

孟萧萧和关天赐很有默契地面对面坐着，连沉默的神态都如出一辙。他们都在等待，等什么，可能自己也不清楚。也许，等到什么，就是什么吧。终于，孟萧萧先开口了，“关总，那个消息……”

“你千万不要有负担，是我，是我连累了你。”关天赐的话似乎很艰难才说出口，“到了这一步，我也没有必要再隐瞒了，萧萧，我当初想要请进凤凰楼的，的确是你。”

“怎么会……”孟萧萧的声音充满了迷惘，“您怎么会想到要我呢，难道他们说的……”

“你不要误会，”关天赐赶紧解释，“我对你，绝对没有非分之想，纯粹是……纯粹是出于关心和爱护。”

萧萧没有说话，蒲天能够想象她此刻极度迷惘不解的模样，因为他自己现在就是这副样子。

关天赐显然是犹豫了很久才说：“萧萧，你见过你的父亲吗？”

萧萧沉默了一瞬，用几乎听不见的声音很快地说：“没有。”话音落下没一会儿，萧萧疑惑地说：“您怎么会提起我的父亲，难道您认识我的父亲？关总，您可别告诉我，是我的父亲让您收留我的。”

“父亲为女儿安排将来，这不是很平常的事吗？”

“我不接受！”孟萧萧竟然没有一点感动，“他在的时候，没有关心过我一天，死了还扮演什么慈父？我如果早知道您是为了他而接我进凤凰楼，我是绝不会答应的。”

“萧萧，你不要这样想你的父亲。”关天赐语重心长地说，“他的性格向来都是外冷内热，再加上他是从事科研工作的，对于家庭和感情，难免会有所忽略，但是我相信，他还是爱你们的，否则也不会嘱托我……”

“关总您别说了，”孟萧萧哽咽了，“您的心意我很感激，但请不要再替他说好话，就算他最后想要补偿，也已经补不了我心里残缺的父爱了。我现在只想知道，明学文来香港，跟这件事有没有关系？”

“不能说完全没有。”关天赐无可奈何地说，“当时我告诉他，希望你来凤凰楼发展，但你好像不愿意一个人过来，后来我知道了他和董事长的交情，就向他发出正式的邀请，我想他最终决定来凤凰楼，更多是因为董事长吧。”

蒲天听着关天赐的解释，不禁皱起眉头。子樱说过，凤凰楼里一直流传着明学文带女助理跳槽的说法，莫非这是关天赐为了隐瞒他真实动机的烟幕弹，而明学文误以为关天赐对孟萧萧有别的心思，为了维护孟萧萧的清誉而不做无谓的辩解？可是，安排故友的孩子在身边工作，这也不算什么见不得光的丑闻啊，何必要遮遮掩掩的？想到这里，蒲天突然感觉脑子里咯噔一下，刚喝下去的茶差点全喷了出来。

“那现在怎么办，沉默，还是公开事实？”孟萧萧开始想更为实际的事情。

“无所谓沉默，也无所谓公开。”关天赐喝了口茶，“凤凰楼从一开始要的就是你们两个人，无论是之前为了明学文接收你的流言，还是今日为了你接收明学文的传闻，都让它们见鬼去吧。”

2012年8月30日 晚上

袁子樱被急召见面，看到两张无奈的脸孔，她心里顿时涌起不好的预感。

“情人的女儿？”袁子樱虽然一早知道关天赐是同性恋，也一下子很难接受这个说法。

“这是我的猜测，”蒲天清楚地说，“关天赐的说法是受了孟萧萧父亲的嘱托照顾女儿，但我不排除关天赐在不受嘱托的情况下主动照顾孟萧萧的可能，因为他和孟萧萧父亲的感情不为人知，所以关天赐对孟萧萧也是诸多隐瞒。”

“你是想说，关天赐是因为要纪念这段感情，才把萧萧接回身边照顾的？”袁子樱基本搞清了情况。

“这是唯一的解释，关天赐很可能没想过把明学文弄进凤凰楼，只是孟萧萧的感情作祟，再加上董事长的意外因素，才有了明学文带女助理跳槽的传说。”邵英杰说。

“那倒是，无论是公开关天赐的隐私，还是让萧萧对明学文的依恋无处遁形，现在这个说法，是最好的。”袁子樱开始明白关天赐为什么在明学文面前默认喜欢萧萧了，这是事实，也是唯一能打消明学文疑虑的说法。只是，明学文把两种喜欢弄混了。“这么说，我们又白干了。”袁子樱也变得无奈起来，曾经以为抓住了唐进辉和孔喻欣的小辫子，结果还真是条“小”辫子；现在又以为捏住了关天赐和孟萧萧的把柄，结果还真能算是个“把柄”，看来凤凰楼里也不是只有自己才有秘密。

“这下麻烦了，一切都要推倒重来，我仔细想了一下，我们始终都没有进入那个圈子，虽然从一开始就圈定了嫌疑人，但是侦查到现在，有嫌疑的人依然有嫌疑，而我们要的证据，一条都没有。”邵英杰一语中的。

“我想我们应该尝试把对子拆开。虽然唐进辉和孔喻欣撞车勒索的事是真的，也不排除他们还有其他的秘密，但是如果他们坐一条危船，就绝不会为了撞车的事在那里耿耿于怀，所以即使有问题，也只是他们其中的一个有问题。现在看来，孟萧萧进入凤凰楼是关天赐突然要弥补感情而造成的，是被动的偶然的，那么关天赐对明学文的邀请是真的为了孟萧萧，还是借了个幌子呢？每个人的故事都让他们显得很无辜，但又不能证明他们的无辜，所有的关系都是模糊不清的。”蒲天认真分析着。

“我有一个问题，如果关天赐有问题，他会让旧爱的女儿在隐藏着犯罪事实的凤凰楼里冒险吗？随时可能被卷进来，随时可能发现犯罪的痕迹，难道他不会为萧萧另外安排更稳妥的去处吗？还有孔喻欣那档子事，撞车勒索在普通人看来是无法解决的麻烦，可一个敢于做毒枭的人，难道还会因为这种小儿科的事公开与人争吵纠缠吗？如果唐进辉或孔喻欣连这种事都摆不平，还要为此担惊受怕，又有什么胆量去碰毒品？”邵英杰提出疑问，“从感性的角度来看，似乎每个人都不太像是那个躲在背后犯罪的人。”

“也不是啊，”袁子樱突然说，“你们是不是漏掉了一个人，保安部部长夏铭也是在三年前进凤凰楼的。从匡雄伟死到现在，夏铭一直游离在你们的视线之外，也许这才是一个大毒枭应有的素质。”

邵英杰咧咧嘴说：“我们当然知道保安部部长的重要性，只要他在监控和安防技术上动了手脚，毒品交易就可以轻松地进行。所以陆茗一被杀的时候，我们的人以查案为由对监控系统进行了彻查，调看并且分析了几次交易时间前后的大量录像，没有发现技术模拟和伪造的迹象，而凤凰楼的监控体系是我见过的最完善的，总共只有八个死角，我们都去查过，没有可疑。”

“原来你们做了那么多事。”袁子樱看着他们，虽然知道这是他们的职责，但心里还是有些许感动。

“现在我们的资料不足，还不知道凤凰楼到底处于毒品交易的哪个环节，但照我估计，藏毒和运毒的可能性最大，我怀疑凤凰楼里有秘道和秘密仓库，连接着一个比较私密的空间，比如客房、卫生间，或者办公室，只有在那里才不设监控。但是公用的卫生间进进出出那么多人，很容易出现意外，办公室也不是绝对固定的，据我所知，凤凰楼一年前曾经有过一次行政层的大装修，所以办公室也不保险，唯一剩下的可能性，就是客房。我查过，凤凰楼只有十八层的五个客房是为专门的客人长留的，其余都在换人，那五个房间我也查过，没有可疑，所以最后剩下的，就是十五层的内部员工房，凤凰楼中层以上的干部一人一间，这三年都没有变过。问题是，十五层的监控是覆盖整个楼层的，我没有办法偷溜进去查。”蒲天摊摊手表示无奈。

邵英杰咂咂嘴，“藏毒是一方面，毒品是怎么运出去的，我们也没有头绪。既然查不到毒品，我们还是要从人身上下手，我始终觉得明学文有很大问题，因为他对我和蒲天的反应太过强烈，这很不正常。”

“我有一点不明白，”袁子樱提出疑问，“如果明学文和关天赐是同党，他为什么还要引导我去怀疑关天赐呢，对他有什么好处？”

蒲天躲开袁子樱的目光，说：“明学文并不知道我们会查得这么深，他甚至有可能不知道关天赐是同性恋者，虽然关天赐在凤凰楼里的职位比明学文高，但他们背后的从属关系有可能正好颠倒，抛出关天赐和孟萧萧的隐私，的确是扰乱我们调查的好办法。”

“等一等，”袁子樱一下子想到了什么，紧张起来，“如果明学文是故意在引导我怀疑关天赐，那不就说明，他从来没有相信过我吗？”袁子樱恐慌地看着他们，他们却都默不作声，袁子樱顿时意识到问题的严重性，“他没有信过我，那我们之前的戏，都白演了？”

蒲天搓搓脸说：“未必是引导，也可能是试探。如果我们没有相应的动作，他对你的信任可能会就此加深，但如果情况起了变化，他的信任随时会变成不信任。”

“你们都想到了，”袁子樱愤怒地看着他们，“你们都想到了，为什么还要用这种打草惊蛇的方法，不是等于把我卖了吗？”

邵英杰看了蒲天一眼，很诚恳地说：“子樱，也许你不相信，其实那天你走后，我和蒲天就想到了这种可能性，所以我们决定暂时按兵不动，凤凰楼里的流言，不是我们两个散出去的。跟踪关天赐和孟萧萧，是我们临时决定的。”

袁子樱惊愕地看着他，“不是你们，那是谁？不该再有别人知道了呀。”

“我们也想知道是谁，”蒲天有些烦躁，“这件事好像越来越复杂了，我总觉得除了凤凰楼和我们，还有别的力量在左右事情的发展。”

“我不管什么别的力量，我只想知道现在该如何跟明学文相处。”袁子樱烦恼地说。

“很简单，”邵英杰揉揉鼻尖，“敌不动，我不动。他不来问你，你就当什么都不知道，事实上，消息的散布也的确与你无关。”

第十八章　死亡插曲

2012年9月3日—2012年9月4日

袁子樱接到了新的任务，接待环球电信香港公司的新任总裁，并准备新闻发布会和酒会。这个突如其来的大任务，让袁子樱疲惫的心呼吸到了新鲜的空气。康万年，看着名片上的名字，袁子樱暂时把查案的事放到了一边。

“康先生，欢迎您来到凤凰楼。”袁子樱还是专业的，伸过去一只手。

“袁小姐你好，你们凤凰楼的变化不小啊。”康万年一边跟她握手，一边由衷地赞叹着。

“康先生来过凤凰楼？”袁子樱惊讶，“什么时候？”

“大概三年前吧，圣诞节前后，袁小姐那个时候可能还没来吧。”

“来倒是已经来了，不过三年前的圣诞节我刚好休假了，没有得见康先生，是我的遗憾。”

“三年前我还什么都不是呢，哈哈！”康万年倒是很爽朗，“三年前我不是来做客的，是我的一位老朋友要来你们这儿当总裁，当时正是抉择时期，还有御皇都和你们竞争，他拿不定主意，让我当参谋来的。”

“您是说?”袁子樱不敢乱猜。

“就是你们关总嘛。”康万年直接地说。

“原来您跟关总是旧友，看来是我孤陋寡闻了。”袁子樱抱歉地笑笑。

“我们从大学起就是好朋友了，那时候我们三个人一起爬山游泳，一起逃课，哈哈，现在想起来，心里都很开心啊。”

“三个人?”袁子樱疑惑。

“哦，那时我们还有一个好朋友，其实三个人里面，他的天分最高，人又聪明，唉，可惜天妒英才，七年前在美国去世了。”康万年说着便有些伤感。

“万年!”关天赐嘹亮的声音打断袁子樱的思索。

“天赐，哈哈，三年没见了，你好吗?”康万年又高兴起来。

“托你的福啊，”关天赐张开双臂拥抱康万年，“喂，你知道吗，我找到羽扬的女儿了!”关天赐激动起来，竟忘了袁子樱还在他身边。很快他就意识到了这一点，把康万年拉进自己的休息室，然后让袁子樱半个小时后再来。他是要跟康万年好好说说羽扬和萧萧吧，想到这，袁子樱识相地回避了。然而，他们说漏嘴的那几句话勾起了袁子樱深深的怀疑。七年前在美国去世的好朋友？找到羽扬的女儿？关天赐口中的羽扬难道会是孟萧萧的父亲？这么说蒲天偷听到的都是真的了。袁子樱立刻提起劲来。

半个小时后，袁子樱去接康万年，关天赐吩咐她带康万年去参观凤凰楼，然后用餐，午休过后再去会议室谈新闻发布会和酒会的方案。袁子樱立刻通知林徽英准备，然后带康万年乘观光电梯到二楼，穿过景观长廊，再下一楼大堂。经过长廊的时候，康万年突然停住步子，像被定住了一样，他睁大眼睛，指着前方，“那个，那个就是孟萧萧吗？”

孟萧萧？袁子樱觉得不可能，萧萧上星期就出差了，要周二才能回来。那康万年会觉得谁是萧萧呢？袁子樱顺着康万年手指的方向看去。天哪！袁子樱不敢呼吸了。他指的是肖雨倪。怎么会是肖雨倪？他怎么会以为肖雨倪是孟萧萧呢？袁子樱沉了口气问：“康先生认识萧萧？”

“不，不，”见袁子樱没有否认，康万年以为自己认对了人，不，他就没认为自己会认错过，因为他很快就说，“我见过她的妈妈，太像了，真的太像了，就跟她妈妈长得一模一样。”

袁子樱傻在那里，看来错的不是康万年，是他们三个。袁子樱犹豫了一下，鼓起勇气说：“萧萧是我的好朋友，可我却从不知道她和她的妈妈长得像，她很少提她妈妈。”

康万年听到袁子樱这样说，一下子诉说起过往来，“她母亲就是我们另一个好朋友的夫人，只见过一面，但是印象很深刻，我们还照过一张合影，那时萧萧还没有出生。”康万年只顾自己回忆着，完全没有注意到袁子樱的脸已经彻底变了颜色。“我还跟天赐说，哪天让他也见见，可他老说没空，我自己也忙，后来竟然就真的见不着了。”

“原来这样，”袁子樱摆出恍然大悟的样子，“这么说，关总没有见过萧萧的母亲？”

康万年摇摇头，满脸惋惜。

午休过后，袁子樱带康万年去会议室谈方案。她自己不方便出面，让邵英杰帮忙，安排肖雨倪外出办事，以免康万年与其相遇，使事情多生枝节。

“我听说萧萧是在会议会展部任职，一会儿是不是会见到她？”康万年还记着这件事。

“哦，她接到任务出差去广州了，刚才走的，您在休息，所以没有打扰您，真是抱歉了。”袁子樱已经想好了说辞，“还有，萧萧和关总的关系，凤凰楼没有人知道，所以……”

“明白了，她就是你们一个普通的职员。”康万年十分配合，袁子樱这才松口气。

下午的方案讨论会有惊无险地过了，康万年用餐后在凤凰楼的人造花园中散步片刻，之后就回贵宾房休息。他没有再叫餐或是其他服务，关天赐也早早地回家了，是袁子樱亲自送回去的，一切都与平常无异，直到第二天早上，打扫房间的服务员在豪华大床上发现了康万年的尸体。

康万年死在凤凰楼，袁子樱听到这个消息的时候，感觉整个人虚脱了。如果，如果不是那么小心谨慎，如果不是那么瞻前顾后，如果第一时间就把康万年拉到蒲天的面前，可能，可能他就不会死。直觉告诉袁子樱，康万年的死，跟肖雨倪有关，或者说，跟孟萧萧的身世有关。但眼下，已经来不及追究这许多了，凤凰楼平静了一些日子，虽然暗流汹涌，但看起来还是平静宜人，而此刻，凤凰楼最大的危机，恐怕真的来临了。袁子樱收拾心情，无论如何，保住凤凰楼再说。

袁子樱到达凤凰楼的时候，明学文和邵英杰已经在那儿紧张部署了，匡雄伟死的时候，是在办公室，可以解释为自杀、意外，或是因为私人恩怨引起的谋杀。而康万年死在客房，自杀，好像不是地方；意外，好像不太真实；他杀，那又是谁从哪里走进了客人的房间？凤凰楼的失职已经再难推脱，现在能做的，就是挽回名誉，重塑形象。袁子樱恨这个人，伤害生命是第一条罪，如果有合理的解释，袁子樱可以旁观；切断线索是第二条罪，如果是自救之举，袁子樱也表示理解；牵连凤凰楼是第三条罪，这条罪，袁子樱绝不宽恕。

警察特有的脚步声在背后响起，袁子樱回头看去，一个络腮胡子的男人大步走来，后面跟着邵英杰，这个阵势，让袁子樱产生某种联想。

“子樱姐，有记者来了。”童宁接到消息，满脸惊慌。

“怎么回事？谁通知记者的?!”袁子樱立刻发起火来。

“康先生发生意外是服务员直接通知我的，我已经通知封锁消息和现场了，这层是贵宾用房，昨天只有康先生一个人入住，按道理其他客人也不会知道，报警的时候我也强调了暂时不公开，警察要便衣来，所以消息渠道应该是完全封锁的。”童宁也摸不着头脑。

“我去应付记者，这里交给你。”袁子樱说完就往外跑。与警察擦肩而过的时候，脚底下不知被什么绊了一下，身子往前一个趔趄，直觉得有双有力的大手抓住了自己的胳膊。袁子樱本能地回头去看，是那个络腮胡子的警察。袁子樱心里惊了一下，匆忙道谢后，赶紧离去。

记者并不好对付，再加上匡雄伟和陆茗一的死亡还未被彻底忘却，记者的问题一个比一个尖锐。幸好警察出面，才暂时平息了风波。但是警察很快告诉袁子樱，对外宣称康万年死于自杀是为了保全凤凰楼，是明学文要求的。

关于消息泄露的事，事后调查，发现是肖雨倪的对讲机掉在了酒店卫生间，被客人捡到，听到了有人死亡的消息。

“这不可能！我走出卫生间的时候明明戴着对讲机的！”肖雨倪争辩道。

“那现在对讲机去了哪里?！戴在身上是吗？拿出来啊！”明学文发大火。

“我真的不知道，之前还在的，突然就不见了。”肖雨倪委屈地说。

“这个对讲机是客人捡到了交到大堂服务台的，上面的编号是07366，就是你早上领取对讲机时登记的号码，这个你能否认吗？”

“号码是我的没错，但真的不可能丢的，记者来的时候我还戴在身上。”肖雨倪快哭了。

“不用说了，你明天开始不用来上班了。”明学文宣判了。袁子樱看着明学文暴怒的模样，心里悄悄生出些许异样。

2012年9月4日　晚上

袁子樱去见了蒲天，邵英杰也在那儿。这两天发生的事太富戏剧化了，大家有必要整理下思路。

“你早上的样子不错嘛，蒲天，终于不用假名字了，可是用了张假面孔。”袁子樱把络腮胡子道具按到蒲天脸上。

“其实我都认不出他来，你的眼睛真是厉害。”邵英杰叹道。

“说正事吧，”袁子樱没有接邵英杰的话，“康万年告诉我的，我都告诉你们了，查得怎么样？”

“目前还没有消息，”蒲天慢吞吞地说，“这么容易被我们找到证据，他们杀人也没有意义了。”

“那我今天是白冒险来看你们了。”袁子樱站起身，“好了，我走了。”

“等等，”蒲天叫住她，“我们侧面调查过孟萧萧和肖雨倪，两个人都跟妈妈姓。孟萧萧读教会学校，父亲在美国工作，七年前去世；妈妈是孤儿院的老师，后来因为患抑郁症进了疗养院，九年前去世。表面看来和关天赐的说法吻合，也没有破绽，但是不排除有作假的嫌疑。肖雨倪读寄宿学校，父亲资料不详，她十三岁的时候母亲去世，靠勤工俭学读书。我想肖雨倪很可能从来都不知道自己的爸爸是谁。我觉得，她可能会去找你，别问我为什么，直觉而已。”蒲天提醒她。袁子樱点点头，若有所思。

2012 年 9 月 5 日　下午

蒲天说的果然发生了，肖雨倪约袁子樱在咖啡厅见，还说不见不散。袁子樱准时去了，不知道是不是有求于她的关系，袁子樱觉得今天的自己温顺了许多。肖雨倪选了靠角落的位置，灯光昏暗，只有一盏雨滴状的小吊灯让彼此能看清对方的轮廓。

“没想到你会来找我，你离开凤凰楼的事，我很抱歉，也无能为力。”袁子樱客套着。

“没关系，反正你也想我走，”肖雨倪今天的气焰有些嚣张，“康万年的死，我觉得有问题。”

袁子樱惊讶于她的直接，她应该还有话要说，“你可以继续。”袁子樱平静地说。

“其实他的死亡本身我并不了解，但有时候是这样的，你可以旁观别人自杀，也愿意相信那的确是自杀，可如果你突然发现他是个与自己有关联的人，你的怀疑就会油然而生。”

“继续。”

“康万年的死已经是事实了，但要拿它来做文章也不是不可以。其实昨天警察宣布康万年是自杀，我很不相信，因为你并没有放松下来，康万年对你来说也许就是个过客，但凤凰楼对你来说比性命还重要，我想你比谁都更急着查清背后的真相。”

肖雨倪虽然行为鲁莽，嫉妒心重，但不得不承认，她很用心地在观察生活，不管最终她的用心是为了什么。袁子樱吸口气，“给出你的重点。”

“我有条件。”肖雨倪也很直接。

“说。”

“我要做凤凰楼娱乐部的大主管。”

袁子樱这下倒有些奇怪了，“我以为你会选公关部，你不是想取代我吗？”

“因为你压不住明学文，你承诺给我公关部也没有用，”肖雨倪竟然看到了这一点，“而且有明学文在，我在公关部也不会好过，这次的事分明就是他故意针对我，所以，我干脆炒了你们公关部，我要娱乐部。”肖雨倪的口气很大。

“你为什么说是他针对你？你的确弄丢了对讲机。”

“我没有！起码记者来的时候我还戴着对讲机，所以消息泄露跟我没有关系。你信不信，我都是这句话。”肖雨倪也有硬气的时候，她不像在撒谎。

了，不在场证明，你有吗，我袁子樱也没有。这些不能说明什么，何况动机呢，邵英杰跟康万年根本就不认识，杀什么人呀!”

“你说得都对，这些证据的确不能证明他就是凶手，但是嫌疑犯的帽子他是摘不掉的，难道我就希望这是真相，难道我不知道他是被冤枉的？但是没有办法，法官可以不判刑，但有证据我们不能不抓人。”蒲天叹了口气，“放心吧，他到底是西九龙出去的，头儿也心里有数，不会为难他的。唯今之计，就是尽快查明真相，只有找到新的证据，捉到真的凶手，才能洗脱他的嫌疑。”

“杀了康万年，嫁祸邵英杰，当真是一石二鸟的毒计。”袁子樱决绝地说着，心里下定了决心。

和袁子樱告别后，蒲天接到方天越的电话。“国际刑警组织刚才来了消息，跟你有关。”

“跟我有关?”蒲天不明白，“不是应该跟凤凰楼的毒品案有关吗?”

“不，是跟你有关。记不记得你之前那个案子，公海爆炸的那个?”

“记得，我打进一个走私集团，得到集团老大毕深的赏识，接触到集团的最高机密，知道有笔大生意要成交，拿到具体地址和时间后，立刻通知了方 Sir 你，结果人赃并获。毕深和几个逃脱的弟兄想坐船逃去公海，结果海船爆炸，一切都结束了。”

“不，没有结束，”方天越的声音里充满了担忧，“蒲天，我们有理由相信，当初被怀疑葬身大海的社团老大毕深现在依旧活着。”

“什么?”蒲天有些反应不过来。

“虽然我们还掌握不到他的具体行踪，但我们怀疑他会对当初对付过他的人展开报复，而你很有可能是他最想报复的人。蒲天，你现在虽然伪装自己，但差不多接近复职，可以说是你在明，他在暗，万事一定要小心，必要的时候，我们会派人协助你。”

“我知道了，方 Sir，我会小心的。”蒲天挂掉电话，陷入深深的怀疑和不安中。

2012 年 9 月 6 日　晚上

袁子樱约了肖雨倪在咖啡厅见面，选了个隔音效果最好的包间，点了两杯卡布奇诺，在宁静优雅中酝酿着谈判的氛围。“我不可能给你娱乐部主管的位子，也不是我有能力给的，但是，我可以教你在一天之内坐上这个位子，不费吹灰之力，前提是，你要先把照片给我。”

肖雨倪一下子笑起来，好像听到了宇宙级的笑话，“袁大小姐，你哄我呢，先别说是不是真有这么好的法子，即便有，你把照片拿走了，凭什么还要帮我?”

“信不信在你，我就给你三条路走，你自己选：第一，照片给我，等我查清了康万年的案子，我就扶你上位；第二，我给你娱乐部主管一年的薪水，你把照片给我，这是一口价的买卖，今后我们不拖不欠；第三，就此拉倒，当我什么也没说过，你也没听过，从今往后你有任何事，都与我不相干。你自己选吧。”

肖雨倪听到这话，一下子绷紧了脸，犹豫了许久，说：“娱乐部主管一年的薪水是多少?”

“50万港币。”袁子樱清楚地说。

“好，我选第二条路，你什么时候把钱给我，我就什么时候把照片给你。”

“没问题。”袁子樱端起咖啡，愉快地喝下，50万港币不是一笔小数字，但和凤凰楼比起来，50万港币不算什么，能用钱来解决问题，已经是眼前的上选了。不过，这样看来，肖雨倪是当真不知道自己的身世了。等案子查清后，还是公开她的身份吧，她也是可怜人，若非现在还不是公开真相的时候，那50万港币也不必浪费了。

2012年9月12日　下午

价值50万港币的照片是在上周六拿到手的，袁子樱当天就把照片扫描给了蒲天，今天得到了消息，照片中有一个嘴角有痣的高个子男人，就是孟萧萧的父亲孟羽扬，是一名双性恋者，父母双亡，曾与关天赐关系密切，后来结婚生女，八年前移民去了美国，与关天赐从此断绝来往。孟羽扬到美国后不久就查出患上肝癌，一年不到就去世了。至于这件事如何辗转让关天赐知道的，他又是如何找到孟萧萧的，没有人知道。唯一有价值的线索，就是在孟羽扬的遗物中，发现了一本记事簿，里面记着若干个香港的电话号码，其中有一个是匡雄伟四年前使用过的。

听到这样的调查结果，袁子樱凄凉地一笑，“这几天我一直在想，关天赐、明学文、孟萧萧，他们三个到底是谁在骗谁。那天你听到了孟萧萧和关天赐的对话，如今我又目睹了康万年离奇的死亡，这个问题的答案就只剩下一个了。”电话那头，蒲天若有所思。

第十九章　拨云见日

2012年9月12日　晚上

袁子樱去了明学文的家，敲开门的时候，已经是晚上10点了。明学文泡了杯咖啡放在她面前的茶几上，她伸手推开咖啡杯，直接拿出照片摆到桌面上。明学文的笑容僵住，袁子樱抬起手，照片完整地呈现，三个相互依偎的人，“肖雨倪”站在最中间，笑得有点神经质。

“设计这样的故事，也就是为了进入凤凰楼做准备的吧。”袁子樱开门见山，明学文一言不发。“你知道关天赐在打听孟羽扬女儿的消息，觉得这是个机会，于是你利用孟萧萧对你的依赖，伪造线索，骗了关天赐和孟萧萧，还充当好人的角色，借着孟萧萧进入凤凰楼，和你们的暗哨碰头。我想你们应该有个暗哨吧，一直潜伏在凤凰楼，为你们做最基础的准备。关天赐找孟羽扬女儿的消息，估计也是暗哨通给你的，这个人，是匡雄伟吧？你们狼狈为奸，利用凤凰楼进行毒品交易，以为能瞒天过海吗？”

明学文抬起头，“这些都是方世遥教你的吗？”

“不需要，”袁子樱坚定地说，“如果你心里没有鬼，你不会介意方世遥和林徽英的存在，你也不会到今天都不肯相信我。你很聪明，抛出关天赐和孟萧萧的隐私让我们去怀疑，那样你就可以变成一个充当烟幕弹的无辜好人，就算我查到了关天赐和孟萧萧真正的关系，也不会对你造成威胁，相反，如果关天赐和孟萧萧因此洗清了嫌疑，你这个烟幕弹也就更安全了。只是你想不到，康万年在这个时候出现了，你迫不及待地杀了他，可我们还是查到了孟羽扬。萧萧的身世是假的，那么究竟是谁在撒谎？孟萧萧对自己进凤凰楼的真实原因一无所知，至于关天赐就更没有必要自己骗自己，所以唯一的解释，就是你明学文唱了一场独角戏。”

明学文默不作声地听着袁子樱讲，等她讲完后，他慢慢露出阴森的笑容，“这话，你还跟别人说过吗？”

“怎么，准备杀人灭口？”袁子樱的声音抖起来。

“我怎么会杀你？”明学文的口吻有些怪异，“再说，无凭无据，我也不怕你说。”

“你要真的不怕才好，”袁子樱脸上的表情说不出是如愿还是失望，“小心，别让我找到证据。”袁子樱弯腰去拿桌上的手提包，却被明学文抢了过去。

“你的耳朵听到就算了，”明学文从包里取出一个MP3，红色灯还在一闪一闪的，“它就别记录了。”明学文掐断它，灯灭。

袁子樱露出失败的神情，场面很干净，却又很狼狈。“原来你一直在防备。”袁子樱道。

“是你不值得我相信。”

袁子樱深深吸了一口气，她看着明学文，这个曾经让她迷失过的男人，觉得他远比想象的更可怕。是的，她想象的是明学文能有多可怕，而事实是，一个毒枭会有多可怕。“你浑蛋!”袁子樱喉咙里挤出这三个字。

明学文摊摊手，摆出一副舒适无比的姿势往沙发上一靠。他坐着，她站着，但他的气势压着她。袁子樱的眼眶中有晶莹的东西在滚动。她拿起包，转身离开，门重重甩上，发出的声音如同大地崩裂苍天塌陷。

2012 年 9 月 13 日　上午

凤凰楼有个明星见面会，袁子樱一早就去了会场，童宁和孟萧萧也早就到了。袁子樱一出现，孟萧萧就跑过来说：“子樱姐，我打了明先生一早上电话都没有人接，你知不知道他在哪儿啊?”

“我没联系过他。”袁子樱心里嘀咕着，这个明学文不会被我吓得跑路了吧，可是昨晚我离开后已经通知蒲天派人盯着他了，还被蒲天骂了一通，如果真的跑了，这会儿也该有消息了。“是不是在开车啊?”袁子樱随便找了个理由。

“也许吧，明先生从来不这样的，他一向都是到得最早的。”孟萧萧耸了耸肩膀，忙活去了。

大约一个小时过去，活动快开始了，明学文还是没有露面，电话也没有一个，袁子樱觉得不对劲，偷偷打给蒲天，竟然被按掉了，袁子樱心里的不安正渐渐扩大。离活动开始还有一刻钟的时候，关天赐来了电话，让她马上到总裁办公室去。袁子樱感觉很不好，惴惴不安地去了，竟然看见大胡子蒲天带着一帮人等在办公室里。

“关总，怎么了?”袁子樱都能感到自己的喉咙发紧。

关天赐的脸色很差，甚至有些恐怖，“子樱，明学文死了。”

什么?！袁子樱还没来得及惊讶，蒲天就走了上来，“袁子樱小姐，我们怀疑你与明学文被杀一案有关，想请你回警局协助调查。”

我与明学文的死有关?袁子樱彻底懵了，慌张地看向关天赐，关天赐焦急地看着她，却是无能为力的样子。蒲天拽住袁子樱的胳膊，把她拉出了办公室。袁子樱的脚步拖沓着，一面频频回头向关天赐寻求依靠，但是关天赐没有说话，只是同样焦虑地望着她。

“别怕，有我。”蒲天的声音适时地给了袁子樱勇气，虽然很轻，但已足够。袁子樱不再挣扎，跟着蒲天到地下车库坐上车。她心里明白，这是为了保全凤凰楼的声誉，最近一段时间，凤凰楼的风风雨雨已经太多，实在经不起摧残了。

审讯室里，蒲天把所有人都遣出去，与袁子樱面对面坐着。

“到底怎么回事，明学文怎么会死？我离开的时候，他明明还好好的。”

“这我知道，”蒲天给袁子樱倒了杯水，“你离开后，明学文给我打过电话，他说我们搞错了，他不是凤凰楼毒品交易的参与者，孟萧萧的身世不是他伪造的，康万年也不是他杀的。”

“胡说八道，”袁子樱拍了拍桌子，“他明明承认了的，还说我们没有证据，就是说出去也没有用。”

蒲天看着杯子里被震得乱晃的水，沉下气来说：“子樱，你想听听我的分析吗？”

袁子樱抬眼看了他一下，“说吧。”

“我认为不是明学文，”这话一出，袁子樱立刻要跳起来，蒲天赶紧安抚，“你先别急，听我说。我们把矛头指向明学文，是在排除了关天赐和孟萧萧的嫌疑后做出的唯一选择。孟萧萧的身世和康万年的死让我们排除了关天赐的嫌疑，而关天赐和孟萧萧的对话让我们忽略了孟萧萧，康万年的死不能作假，但是孟萧萧的诉说未必是真。”

“你是说，孟萧萧导演了这一切？”

蒲天把胳膊搭在桌上，“我问一个很简单的问题，我们都说孟萧萧的故事是为了让明学文进入凤凰楼，但是明学文进凤凰楼需要靠孟萧萧吗？相反，以孟萧萧在行业内的名气和背景，她要进凤凰楼才是真的难。”

袁子樱略有所悟，但很快皱起眉头，“可是孟萧萧表示对一切不知情的时候，关天赐也认可了，如果孟萧萧和明学文都没有向关天赐透露过什么，关天赐怎么就会认定孟萧萧……”袁子樱一下子明白过来，“哦，是匡雄伟，是他穿针引线让关天赐找到了孟萧萧。”

“我就是这么想的，”蒲天握拳轻轻砸了下桌面，“如果是这样的话，孟萧萧的演技当真是好，骗过了关天赐，骗过了明学文，匡雄伟一死，就再没有人知道真相了。”

袁子樱听到这话，感觉自己真的是错怪了明学文，一边点头，一边露出迷惘的眼神，“可如果是这样，明学文昨晚为什么要承认呢？”

“他不是承认，他只是不否认，含糊其辞，这样你才会继续盯住他不放。”

“他希望我盯住他不放？”袁子樱眼中的疑惑很深很深，她现在就像被人抽走了一切理性的元素，只能期望从蒲天的口中得到一连串的答案。

蒲天的神情有些复杂，说不清是感动还是钦佩，说不清是不忍还是不舍，最后，他把身体向前挪了一些，诚恳地说：“我估计，他是从你的话里猜到了什么，一旦澄清了自己，也就是把矛头指向了孟萧萧。我想，他是不愿意你继续冒险查下去，所以才这样应付你，然后给我打电话，澄清自己，表明怀疑，保护你。”袁子樱听到最后三个字的时候，眼眶里已经蓄满泪水。蒲天摸了把额头，“还有一件事，我们已经确定，发匿名信给警局，要求我们秘密调查毒品案的人，就是明学文。”

“这不可能！”袁子樱不相信，“如果明学文有心调查毒品案，为什么要让你和邵英杰离开？”

“也许是因为……”蒲天犹豫了一下，“我们把你牵涉了进来，这是他不曾预料到的，相信他寄匿名信的时候，并不知道你的过去，更不会想到我认识你比他更早。至于我们之间的纠葛，更不是他愿意看到的，所以他一直反对我们来往，除了不想你牵涉其中，恐怕更不想让你再次沉溺在痛苦中吧。可惜他一再努力，终究没能躲过今天的局面。”

袁子樱的眼泪成串滴落，打湿了桌面，发出啪嗒啪嗒的声音。啜泣一阵后，她擦干眼泪，严肃地看着蒲天，“你们查了这么久都没有头绪的事，明学文当初是怎么发现端倪的？”

蒲天舔舔干燥的嘴唇，“发现端倪的并不是明学文，而是有人将凤凰楼涉案的信息发给了明学文，但是发件人我们还没有查到。”

“怎么会查不到呢？”

“对方的网络技术非常高超，虽然在明学文的邮箱里我们找到了原始发件人的地址，但是全部追踪无效。”蒲天无奈地说。

“那明学文的死是怎么回事，怎么会怀疑到我？”

“明学文是中毒死的，茶几上有两个杯子：一个是玻璃水杯，里面除了明学文的唾液，我们还发现了氰化钾；另一个是咖啡杯，上面有你的指纹，虽然你给我的电话是在明学文的电话之前，但是并不能证明你当时已经离开，另外，沙发底下有你的 MP3，里面的录音我们都听过了，证明你当时与明学文起了争执，而且利害关系相当尖锐，这些都不是致命的证据，却能把你困住。”

“我没有杀他，我也相信凭这些证据不能将我定罪，我关心的是，究竟谁杀了明学文，会是孟萧萧吗？”

蒲天摇摇头，“孟萧萧最不该杀的就是明学文，只有明学文能够在毒品案的受怀疑程度上与她平分秋色，杀了明学文，就等于暴露了她自己。”

“那还会是谁？”袁子樱这下是真的没有头绪了。

“记不记得我说过，好像有另外一股力量在左右事态的发展？我想，我要重新调整一下思路。子樱，现在我、你，还有邵英杰都以不同方式离开了凤凰楼，这也许就是我们的机会。之前国际刑警组织只是证实有人通过酒店进行毒品犯罪，我们的推测也仅仅局限在藏毒和运毒这一块，现在已经证实，除了藏毒，罪犯还利用酒店进行大规模的散客交易，既然藏毒的地方我们找不到，不如转换思路，从毒品交易的方式下手。子樱，凤凰楼你最熟悉，你有什么看法？”

“就是这一点我不明白，为什么你们都觉得散客交易是很难的事，把毒品藏在什么东西里，找个没人的地方直接交易不就好了？”

“直接交易，面对面，那一旦被抓，不就彻底暴露了？”蒲天耐心地说，“直接交易是最低级别的交易模式，一般只用于质量低劣，价格较低的毒品，或者是针对比较低层次的购买者。像这种跨国的毒品犯罪，即便是散客交易，规模和金额也是非常可观的，而且从谢曼君到匡雄伟，再到孟萧萧，这样精心的布局和潜藏，肯定不会采用直接交易这样粗陋的方式。交易的时间地点都是通过组织中间人事先确定好的，交易双方不见面，见面也不认识，而且这样的交易一般不存在违约的风险，提货和支付通常是先后分离的，难度不大，但是设计往往很巧妙。”

袁子樱略一思索，“胆子要大，设计要巧，如果是我，我会利用自己的工作交易，如此才能天衣无缝。”

“这个我们也想过，客房里的有偿食品，会不会里面装着毒品，买走了也就是几十块钱，卖掉就是几十万港币。毒犯化装成客人的桥段也已经不新鲜了，只是我们不可能一间一间去查……”

“不对，”袁子樱打断蒲天的推测，“客房部不是孟萧萧的地盘，我们应该把目标锁定在会议会展部。”

“会议会展部每天都有人打扫，不太可能成为长期藏毒的地点，所有的硬件设备都存放在安全室，使用必须登记，也不像食物或日用品那样可以被消耗掉，被利用来藏毒或运毒的可能性也很小。会议会展部的出入口和每间会议室或活动厅平时都锁住，工作人员进出需要刷卡，那样就会留下记录，加上中心的保安监控系统又非常完善，几乎没有死角，有人偷溜进去进行交易的概率非常低。”

“那有活动的时候呢，我们不可能关注到每一个人，这里一定有漏洞。”

蒲天摇头，“我们当然会有疏忽，但是他们怎么会这样冒险，他们必定是用了万无一失的方法进行交易，而不是把希望押在我们的疏忽上。倒退一万步，哪怕我们根本不在意，也有不小心发现的可能，他们一定是把这种可能也除去了。”

“万无一失的方法……”袁子樱咬紧嘴唇，突然，她想到了什么，兴奋地说，“你们能不能把我家的笔记本电脑抱来，里面有许多资料，很有参考价值。”

“电脑就在警局，知道可能有用，就搜刮来了。”

蒲天让人把电脑送进来，袁子樱打开电脑，一下打开好几个文件夹，包括会议会展部的 3D 模拟图，电脑模拟的活动流程，公关部和会议会展部工作视频，以及历来的活动方案。她一份一份比较分析起来。蒲天看她把方案中和孟萧萧有关的内容都提取了出来，在模拟动态图和工作视频中寻找孟萧萧的身影，标上记号，制作出孟萧萧的活动轨迹图，然后一个细节一个细节推敲……

2012 年 9 月 13 日　晚上

袁子樱整整消耗了一天的精神，终于在夜幕降临时舒展眉头，露出疲惫但欣慰的笑容。

“怎么，有发现?”蒲天发现袁子樱的表情有变，眼睛盯住屏幕。

“你看这里，”袁子樱播放一段视频，那是在会场，客人们兴致勃勃地听着演讲，桌子上放着赠送给客人的礼品，一道蓝色的光从会场的最后面射向大屏幕，袁子樱指着光束与一份礼品的接触点说，“你看这里，投影仪的光完全没有显现在礼品的盒子上，再看这个，”袁子樱指向光束与另一份礼品的接触点，“投影仪的光在礼品盒上显现出阴影。”

蒲天仔细看了看，“你是想说……”

“这是纸质的包装盒，投影仪的光应该会显现阴影才对，除非，是用了特殊材质的包装纸，来逃避激光扫描或是穿透性的光。”袁子樱说着回头看蒲天，“你是知道的，礼品的包装和摆放，是孟萧萧负责的。”

蒲天张开拇指和食指按摩喉结两边，“可是参会的客人，是你们邀请的。”

“你不要忘了，为了保证会场的气氛，每次我们都会安排会托，会托的名单我们有，但却不会逐一去核实身份，只要凭借邀请函就能进入会场。这不是一个很大的漏洞吗？另外，我怀疑毒品交易的酬劳就封存在动过手脚的邀请函里，因为邀请函是塞入水晶箱的，不需要直接交给工作人员，你说的面对面交易也可以规避开，而水晶箱也是由孟萧萧负责的。”

蒲天猛地一击掌，像是在抽自己的嘴巴，自责为何没有早点发现这明显的漏洞。

“你也不用自责，如果不是事先锁定了孟萧萧，这样针对她去研究，我也不会发现的。”

蒲天双手握拳敲打着额头，来回踱步，忽然转身用双臂支撑着桌面，很正经地说：“你说，我们有没有机会布个局，抓她个现形?”袁子樱拱起的手背顶住下巴，眼珠溜溜转着看向蒲天，露出狡黠的笑容。蒲天了然于胸地点点头，看看窗外漆黑的夜色，关心地说：“对了，你一整天没吃东西，想吃什么，我去买。”

“我想吃鹅肝酱。”袁子樱露出刁蛮的笑容。

“故意刁难我是不是，明知道这一阵闹禽流感，禁食鸡鸭鹅内脏，还给我出这种难题。”

“谁让你夸海口的，那就三明治吧，这个总有了吧。”袁子樱说着趴倒在桌上，没等三明治送来，就睡着了。

2012年9月28日　上午

凤凰楼又要迎接客人了，是从美国来的IKC集团，在香港考察投资环境的，选择入住凤凰楼。推介会当天，孟萧萧一早就到会议中心指挥，按惯例检查音响，准备电脑和投影仪，安放水晶箱，排放桌牌，准备礼品，最后确定流程，打开通道，准备迎宾。因为明学文和袁子樱都缺席，换由唐进辉接待提前到场的政府代表，童宁负责为嘉宾引位，孟萧萧则在会场布置就绪后到视频控制室把控全局。

推介会在上午10点准时开始，按照流程，预计12点结束。大概11点40分的时候，孟萧萧从监视器里看到最后一位演讲嘉宾上台，于是收拾好资料，转身准备离开，却发现控制室的门被锁死了，根本打不开。孟萧萧掏出手机刚要叫人，突然嘀的一声响，监视器的画面一阵模糊，接着自动切到了另一个画面。同样是一个会场，坐满了外籍贵宾，布置和排位都和凤凰楼里刚刚结束的推介会如出一辙。这时，新闻播报员有质感的声音传出来，“今天上午10点，美国IKC集团香港投资项目推介会在寰宇国际酒店顺利召开……”

孟萧萧的脑子嗡的一声响，美国IKC集团的项目推介会不是正在凤凰楼举行吗？怎么会……迷惘惊慌间，又听到嘀的一声，画面转回凤凰楼的会议中心，主屏幕显示会议已经结束，唐进辉和童宁正安排客人离开，不同的小屏幕显示了走廊、通道、电梯、大堂等各个必经之地的情况。孟萧萧的目光一扫，落在右上角的屏幕上。屏幕里是入口签到台，接待组的职员正在整理遗留的资料袋，除此之外再无他物。啊，怎么会……孟萧萧一下浑身冒冷汗，这时刷的一声，背后的门一下子开了，蒲天抱着水晶箱，微笑着站在门口。刹那间，孟萧萧意识到自己落入了致命的圈套之中，无力回天了。

恐慌和惨淡在孟萧萧的脸上留下深深的烙印，但她还是很有风度地说：“能单独谈谈吗？”蒲天走进控制室，反手把门关上，叼起一根烟。孟萧萧说：“能给我来一根吗？”蒲天把烟盒递过去，孟萧萧挑了一根，从自己口袋里掏出滤嘴装上，点着了，深吸一口，慢慢吐出优雅的烟圈，“哪儿找来这么多的群众演员，除了几个媒体的朋友，其余都是你们的人吧。”

“这些都是国际刑警组织毒品罪案调查部的新生力量，

刚刚进入警届，身上还没有警察的味道，不然你肯定能嗅得出来。当然，真中有假，假中亦有真，媒体是你最熟悉不过的，我们没有办法，只能邀请真的来，他们也被蒙在鼓里，一切都是为了这场戏能够更加真实，当然，等到他们全部进入会场，我就通知了各媒体的老大，一切消息全部封闭，谁敢乱报头条，谁就以妨碍司法公正罪追究责任，他们当然都积极配合了。”

孟萧萧失笑，走到水晶箱旁边，打开箱子，从小西装的内袋取出一支激光笔，逐一扫过那些邀请函，然后从中挑出了一封，递到蒲天面前，“拿去交差吧，500 万美金。”

“你倒是很爽快，是不是怕垂死挣扎太狼狈，有损你的形象？”蒲天接过邀请函。

“不是怕狼狈，而是知道徒劳无功，你们的技术手段，不可小觑。”孟萧萧捋了捋垂落的头发，“需要我告诉你货在哪儿吗？”

蒲天揉揉迷离的眼，“第六排，左往右数，第三位，第七排，右往左数，第二位，第九排……”

“……左往右数，第一位。”孟萧萧接上他的话，把烟灭掉，“的确，我的手法很简单，只要想到了，找证据一点也不难。但是你们是不会想到的，因为你们都不够专业，只有真正的公关，才能想到用这个方法。是袁子樱对吗，是她想到了这个办法，让你们不动声色就戳穿了我。”

蒲天也把烟灭了，郑重地说：“没错，利用工作犯罪，

2012年9月30日　上午

袁子樱和蒲天来到谢曼君的墓碑前。袁子樱专注地望着墓碑上的字，伸手触摸墓碑冰凉的转角，坚强如同风雨中的百合。“你知道吗，夫人和我说过，如果她不在了，我要好好看着凤凰楼，那个时候她就知道，她会死。是我让她失望了。”

“不，你没有，”蒲天单膝跪下，整理着墓碑边的杂草，“凤凰楼里的罪恶已经终止，这是因为有你。”

“真的终止了吗？”袁子樱忧郁地说，“太多的事情都没有得到答案。你描述过孟萧萧死前的情况，她是不想死的，那么那个有毒的滤嘴是怎么跑到她口袋里去的？康万年死的时候，孟萧萧正在出差，是谁杀了康万年，又或者是谁告诉孟萧萧康万年在凤凰楼？先是邵英杰，然后是我，到底谁在嫁祸？还有，御皇都的爆炸案究竟是为了什么？”袁子樱看向蒲天，“你曾经说过，你感觉有另一股力量在左右事态的发展，我相信是真的。”

“相信又怎么样，我根本毫无头绪。”蒲天抬头望向天边的浮云，一丝无奈在脸庞上蔓延开，“能够不留痕迹地杀死康万年和明学文，嫁祸给邵英杰和你，这个人，一定藏得比孟萧萧还要深。”蒲天说着，与袁子樱慢慢往明学文的墓碑走去，“你记不记得，我和邵英杰都否认散播过孟萧萧和关天赐的流言？在明学文死后，我们在他的车上发现了安装窃听器的痕迹，相信是窃听器的主人散播了流言。”

“散播流言除了让孟萧萧提高警惕，唯一的作用就是离间我和明学文，谁会做这样的事呢？”

“离间你和明学文……杀康万年，嫁祸给邵英杰……杀明学文，嫁祸给你……杀孟萧萧……”蒲天的脚步渐渐慢下来，脑子里似有一道闪电划过，“莫非是这样？”蒲天眯起眼睛，薄薄的目光如同锋利的刀片，要割开遮住秘密的幕布。

第二十章　终极真相

2012 年 10 月 3 日　下午

西贡的村屋旁发现一具被烧焦的男尸，西九龙重案 A 组组长丁俊带人勘察了现场，在三个小时后拿到了验尸报告。

“死者全身 70%以上的皮肤面积被烧焦，无法辨认面目特征，但骨骼完整。死者颅骨破裂，应该是致命伤。死者的气管和肺部没有出现炭化反应，应该是死后被烧尸。死者胃里仍有残余的食物，处于未完全消化状态，相信是在进食后四至六小时内被害。胃内溶物已经送去鉴定科化验成分了。”法医卓晨曦说。

“为什么会有两个小时的误差?”

“这取决于死者的身体运动程度。如果死者在进食后有过剧烈的运动，食物消化的速度会加快，但如果处于静坐或缓慢运动状态，食物从进入食道至完全消化需要七个小时左右。”

“具体的死亡时间能确定吗?”

“很困难。一般我们会通过尸体僵硬程度，体温下降程度和尸斑的沉淀程度判断死亡时间，但尸体被长时间烧过，皮肤表面组织、肌肉组织，包括血管都受到损伤，加上尸体被土埋，空气、湿度和温度条件跟自然条件下的完全不同，所以无法判断具体的死亡时间。”

“土埋时间如果不同，会出现多大的误差？”

“一般来说，在密封的土壤环境中，死者的腐化速度是正常条件下的 1/8。从理论上来说，一个死去八天的人，如果是被土埋，他的生理状态会与死去一天但是暴露在空气中的人十分相似。”

“以他的情况来看，死亡时间的范围有多大？”

“从发现尸体的时间倒推，一个半月之内都有可能。”

“怎样可以准确判断他的身份？”

“骨质鉴定和 DNA 测试都可以做到，而且我知道，有一种头骨恢复程序，可以通过头骨的结构模拟出死者大致的面貌。你们可以试一下。”

“卓医生，”助手进来，“食物鉴定的结果出来了，证实死者胃中残留的是鹅肝酱。”

“有没有发现药物成分？”丁俊问。

“没有。”

“没有药物成分，死者在意识清醒的状态下被杀，说明他有可能是在防范意识很弱的情况下被害，死者跟凶手很可能认识。”丁俊看着卓晨曦说。

“哦，还有，”卓晨曦说，“死者拳头紧握，我在他的掌心发现了一条白金链，上面隐约刻有字符，但是因为磨损变得模糊不清，已经送去技术科修复还原了。”

“死者握在掌心的东西，通常是破案的关键，不管怎么样，先做头骨模拟吧。”

卓晨曦给死者做了头骨模拟，模拟结果竟然显示死者是凤凰楼的董事长黎佑铭，卓晨曦又取来黎佑铭的生活用品，通过DNA测试证明了死者的的确确就是黎佑铭。

2012年10月5日　上午

袁子樱看到黎佑铭尸体的时候，身体像僵住了一样，心痛的感觉从胸腔蔓延开来，眼泪忍不住要涌出来。但是，她很快意识到自己的身份，隐忍着丧父之痛，把黎佑铭在加拿大的亲人的联系方式给了丁俊，然后走出停尸房。丁俊吩咐了手下人几句，把袁子樱请进了办公室。

“袁子樱小姐，鉴于你和死者的关系，我有些问题需要和你确认一下。”

袁子樱心里咯噔一下，“我和董事长的关系也跟这个案子有关?”

丁俊的眼睛瞟了一眼报告说：“你不需要在我们面前用这样官方的方式称呼他，我们已经知道，你是他的女儿。”

袁子樱的眼中飘过一丝惊异，“你们怎么知道的?”

“你知不知道你父亲有在电脑写日记的习惯?”

“我不知道。”袁子樱摇摇头，“他很少在我面前用电脑，也很少在香港，我和他单独见面的时候，基本上都是在聊天。”

“我们翻查了你父亲的私人电脑，发现他有在电脑写日记的习惯，日记里清楚地写着‘我的女儿袁子樱’这样的文字，因为是电脑书写，所以我需要向你确认内容的真实性，从而判断其他与案件线索有关的内容是否可信。”

“与案件线索有关的内容，你指什么？”袁子樱听出他话里的含义。

丁俊迟疑了一下，说：“前一段时间，重案组高级督察蒲天为侦破凤凰楼的毒品案在你身边卧底，这件事你已经知道了，我想问一下，蒲天和你父亲之间的关系如何？”

“他们很少接触，我也没有听他们两个人谈及过对方，”袁子樱隐隐觉得不安，“你这样问，是不是我父亲的案子跟蒲天有关？”

“这一点我们还在调查，但是根据你父亲在电脑日记里的说法，蒲天曾以凤凰楼涉嫌贩毒以及你与黎佑铭的父女关系两件事为要挟，向你父亲勒索500万港币。”

“这不可能。”袁子樱毫不犹豫地否定了，“凤凰楼涉嫌贩毒原本就是孟萧萧的个人行为，与凤凰楼没有关系，而且当初也是蒲天主动提出要保全凤凰楼的声誉，将事情压住不报，怎么可能调转头去用这个威胁我父亲？还有，我和父亲的关系蒲天很早就知道了，他当卧底遇到那么多的障碍，早就可以拿这个去保住他在凤凰楼的权位，但是他没有，他从来就不是一个这样的人。我相信蒲天不会这样做的。”

丁俊听着袁子樱的话，观察着她的神态，“袁小姐对蒲天的信任让我很感动，其实我们也不相信蒲天会做这样的事，但是眼前的证据对蒲天非常不利。”丁俊从抽屉里拿出一个塑料袋装着的链子，“我们在你父亲握紧的拳头里找到一条有刻字的白金链，通过技术复原，证实刻字是蒲天，而蒲天以前的同事已经确认这条链子归他所有。”

“这样的白金链又不是世界上唯一的一条，而且叫蒲天的人也不止一个，凭什么就认定是他?”

丁俊把白金链从塑料袋里拿出来，拉直了送到袁子樱的眼前，“这条链子上有一道缺口，经过检验是子弹的擦痕，蒲天在五年前执行任务的时候曾经被一颗子弹擦着脖子而过，这条链子救了他，许多同事都亲眼所见。”丁俊把链子收好，“袁小姐，你曾是我们的法证化验员，这些证据的指证性你是知道的，你就一点也不怀疑蒲天吗?”

袁子樱的眼中微微有些愤怒的光，她看着丁俊，坚定地说：“我是做过法证，但我也做过嫌疑犯，我知道任何有指证性的证据都不一定就是最后的真相。死者是我的父亲，我比谁都更想找出凶手，但是我相信凶手一定不是蒲天。”

“你最后一次见你父亲是什么时候?”丁俊突然问。

“我被保释的当天，也就是孟萧萧死亡后的第三天，”袁子樱说到这里，忽然想到了什么，站起身，用要求的口吻说，“我要见蒲天。”

“对不起，”丁俊也站起身，“蒲天说，除了方天越总督察，他暂时谁都不见。”

袁子樱微微吃惊，接着说：“那我可以去父亲家里看看吗？”

丁俊鼓起腮帮子思虑了一下，“我让警员陪你去。”

袁子樱从警局出来，直接去了黎佑铭的别墅，这里已经被围上了警戒线，袁子樱远远地看见邵英杰站在路边，忙跑过去，“英杰，你也来了？”

邵英杰无奈地望向别墅，“蒲天不肯见我，我只能来别墅看看，可惜我现在停职，不能进去。”

“他连你也不见，难道他不想我们帮他吗？”袁子樱觉得奇怪。

“他不见我们，却要见总督察，我觉得他是已经看出了一些端倪，怕我们知道太多反而会打乱他的步调。子樱，你既然来了就进去看看，或许会有新的发现，我在这里等你。”

“好。”袁子樱在警员的陪同下跨过警戒带，戴上手套，穿过花园，进入别墅。别墅里的陈设都是原来的样子，隔着蒙在上面的淡淡灰尘，所有家具原先鲜亮的颜色都暗淡了许多。自从谢曼君死后，这个家已经露出病倦的气息，现在黎佑铭也死了，这个家的生命也流失殆尽了。袁子樱走进卧室，床铺非常整洁，整洁到像很久没有人睡过。她打开衣柜，看着黎佑铭曾经穿过的那些衣服，如今都成了遗物。从别墅出来，袁子樱上了邵英杰的车，恳求地说："我知道现在的法证技术比七年前先进了很多，即使是烧焦的布料也能验出材质和颜色，我想你帮我一个忙，去打听一下我父亲死时穿的是不是咖啡色的涤纶西装，涤纶和羊毛的比例大约是 3∶7。"

邵英杰疑惑地微微皱了下眉头，然后认真地点了点头。

2012 年 10 月 6 日　下午

邵英杰打电话给袁子樱，告诉她黎佑铭死时所穿衣物的材质的确是咖啡色涤纶加羊毛。袁子樱放下电话，从车窗往外看，对面就是黎佑铭常去的干洗店。她下车走进干洗店，向服务员询问了几句，脸上露出惊异的表情，继而沉思，继而惶恐。她很快转身走出干洗店，要上车时才发现轮胎瘪了。袁子樱焦急地拦下一辆出租车，跳了上去。"麻烦你，西九龙警局。"

"去见谁？蒲天还是邵英杰？"

袁子樱心中一凛，她抬头，后视镜里透出一张熟悉的脸。"董事长！"她的声音有些抖。

"吓坏了？看到一个死去的人活生生地开着车，会不会怀疑这车最终会开进一个满是魂魄的地狱呢？"

袁子樱让自己冷静下来，"你不是董事长，董事长已经被你杀了。"

"你很聪明，不过太迟了。你现在听到的，是我真实的声音。说实话，演戏还真不容易。"那人把车头一转，开得飞速。袁子樱赶紧去开门，但车门被牢牢地锁死。她拿出手机，却发现没有信号。“没有用的，车子里有干扰器，你别想通知人来救你。”

“你到底是谁，到底想做什么?”

“哈哈……”那人狂笑着，把车子驶向无人的荒野。车子最后在一棵树边停下，那人用粗绳索把袁子樱拉下车，捆绑起来，然后开始泼汽油。袁子樱大喊着救命，却无济于事。那人把空油桶往地上一摔，狂妄地说：“你不是想知道我是谁吗？我告诉你，我是要让蒲天万劫不复的人。他当年在我身边卧底，害得我失去了一切，要不是我在游艇爆炸前就跳海逃走，也没有命回来报仇。”

“你要报仇，大可以直接杀了蒲天，何须这样藏头露尾，牺牲无辜的人，简直是丧心病狂!”

“杀他很容易，但我不想这么快就结束游戏。他不是当卧底吗，不是想要破案吗，我绝不让他如愿。我不仅不能让他破案，我还要让他的搭档因为他而背上杀人的罪名，一生不能让自己清白。”

“是你……”袁子樱疾恶如仇地看着他，“是你杀了康万年，杀了明学文，杀了董事长，然后嫁祸给邵英杰、我和蒲天，你的复仇计划还真是不择手段啊。”

“是，是我做的。我大难不死，若不玩一场精彩的报仇游戏，活着又有什么意思！我早就在一个山洞里藏了大量的现金，逃出生天后，我整了容，到处寻找蒲天的下落，终于在凤凰楼发现了他，他居然还在当卧底。我偷偷调查了凤凰楼所有和他相关的人，终于决定从黎佑铭身上下手，不惜冒着手术失败的危险，按黎佑铭的样子再次整容，然后杀了他，再冒充他。”

“董事长最近一次从加拿大回香港之后，你就取代了他?”

“没错，你果然很聪明，想不到这也被你看穿了。”

“警方一天不能确定董事长的死亡时间，蒲天的嫌疑就一天不能洗清，我查看了董事长的衣柜，我送给他的那套咖啡色西装不见了，后来警方证实了董事长死亡时就穿着那件衣服。董事长是个很注意着装的人，西装只要穿过一次就会让用人送去干洗，只要我向干洗店确认了咖啡色西装的最后一次干洗时间，就能缩小死亡时间的范围，但让我惊讶的是，董事长从加拿大回来后，他的用人竟然没有去过干洗店一趟。董事长的航班起飞前和我通过视频电话，当时他正穿着那件咖啡色西装，由此我便想到，董事长是刚一落地都没来得及换衣服就被杀害了。那么，在你带着我和明学文去给夫人扫墓那天，是你在明学文的车上动手脚没错吧。偷听孟萧萧的隐私并且散播流言的人，就顺理成章是你了。”

“哈哈……精彩精彩，袁子樱不愧是法证出身，推测得丝丝入扣，我知道你在暗中调查黎佑铭的死，但是没想到，你已经调查到这个程度了。没错，流言是我散播的，我知道你和蒲天在调查明学文，就用这个办法来离间你们，后来康万年出现了，你的态度引起了我的注意，他应该是一个对你们有价值的人，于是我计划杀了康万年，让你们查不下去，便拿了林徽英用过的烟缸，打扮成他的样子去杀掉康万年，嫁祸给他。谁知你们的动作并没有停下来，那天我看见你去找明学文，干脆就杀了他嫁祸给你，也是我运气好，你的咖啡杯和 MP3 都落在了现场，让我省了伪造证据的力气。我听了 MP3 的录音，回去仔细想了一个晚上，忽然发觉孟萧萧才是真正的毒枭，于是我偷偷换了她的滤嘴，让真相永远不能大白。等这一切都完成了，我就可以用自己的死，埋葬蒲天一世的清白。哈哈，多么宏伟的计划。”那人越说越兴奋，从口袋里掏出了打火机，嚓地一下，火苗冒出来。风吹过来，袁子樱的眼有些迷，飞起的小沙石让人有些看不清方向。“再见了，袁大法证官，我绝不能让你的调查毁了我完美的计划。”那人举高了打火机，咧开嘴数着，“一，二，三……”

砰，很短的一瞬，枪响。打火机掉在地上之前，被人伸手接住了。那人惊愕地回头，蒲天和邵英杰同时拿枪对准了他。

“毕深，很久没见了，想不到你还活着。”蒲天愤怒地说。

“你们怎么在这里？邵英杰，你不是停职了吗？蒲天，你怎么能跑出来？”毕深惶恐地看看他们两个，目光转移间，暴露了内心的虚弱。

“你的计划很完美，毕先生，”邵英杰靠近他，“不过你忽略了一样很重要的东西，那就是信任。证据可以伪造，但是人与人之间的相互信任，是最真实的，永远无法伪造。我们相信彼此，所以努力去寻找证据，在发现是你取代了黎佑铭之后，就开始暗中保护子樱，跟着她到了这里，听你说出了所有的秘密。”

“不可能，”毕深使劲摇晃着脑袋，想把眼前的一切当成幻觉甩掉，“袁子樱刚刚发现破绽就被我抓了，你们怎么可能知道?”

蒲天鬼魅地一笑，“一个复杂的计划，通常毁在一个简单的细节上。法医在黎佑铭的胃里发现残留的鹅肝酱，而香港禁食这种食品已经三个多月了，唯一的解释就是黎佑铭在飞机上食用过鹅肝酱，接着在飞机落地后就被杀害了。”

毕深听着蒲天用仿佛轻描淡写的口吻诉说自己失败的根源，忍不住感觉到一阵阵窒息，唾手可得的胜利就这样顷刻间被褫夺，强大的内心已如决堤的江河，最后的意志被一点点摧垮。“鹅肝酱……鹅肝酱……”毕深像中邪一样反复说着这三个字，双腿像突然失去支力的竹竿，弯曲着跪下，上身仍然是笔直的，却似摇摇欲坠的槁木。

2012 年 10 月 9 日　上午

毕深落网了，袁子樱他们的嫌疑得以洗清。黎佑铭的家人从加拿大赶来带走了黎佑铭的骨灰，袁子樱始终没有表明自己的身份，只是将黎佑铭的衣物和谢曼君同葬一穴。那一日，蒲天和邵英杰都来帮忙，他们合买了一束君子兰供奉在墓碑前。雨终于停了，残留的雨滴挂在袁子樱的发梢和睫毛上，如同带雨的梨花，纪念一场完结的悲剧。

邵英杰轻拍袁子樱的肩膀说：“逝者已矣，子樱，今后还有新的生活在等着我们。”

袁子樱莞尔一笑，“我们好歹共事过一段时间，在你眼里，我是那么经不住打击的人吗？”邵英杰瞟了蒲天一眼，吐吐舌头。袁子樱接着说：“其实最可惜的，是没能查出匡雄伟炸御皇都的真相，也许这是个永远的秘密了。”

“要炸御皇都的不是匡雄伟，”邵英杰认真地说，“我们重新调查简亭的死，从她保存在银行保险柜的电脑里还原了大量发给明学文的邮件底稿，以及揭发张姨的儿子制造御皇都爆炸案的告密信。由此，我们重新调查了爆炸案，张姨的儿子说，匡雄伟安排他去御皇都后，两人一直都是通过邮件联系，没有见面，爆炸案的指令是邮件传递的，酬劳也是汇款支付，因此我们怀疑是简亭知道了匡雄伟安插眼线的事，通过电脑远程侵入，借匡雄伟的名义指使张姨的儿子制造爆炸案。”

“那动机是什么呢？”袁子樱不解地问。

“匡雄伟曾经是毒品集团的人，他安插眼线在御皇都，十有八九是集团的意思，也许是想要把御皇都变成第二个凤凰楼。孟萧萧死前说过，简亭认为是组织害死了她的父亲，所以一直暗中干扰组织的行动，发送匿名信是，制造爆炸或许也是。如果张姨的儿子被揪了出来，匡雄伟势必受到牵连，组织的计划就会搁置。可惜，简亭的计划败露，没来得及发出告密信，就被杀了。”蒲天惋惜地咂咂嘴。

“组织的力量真是很庞大，”袁子樱仰望天空，“当凤凰楼不再是它的掩护，就免不了被折断翅膀，从高空坠落的命运。”

邵英杰挠挠头，“不管怎么样，所有的谜题都解开了，这个结局虽然不完美，却也算完整吧。”

“谁说的，”袁子樱不依不饶，“陆茗一的案子还没有定论呢。”

“哎……”邵英杰摆摆头，“陆轩一已经找到了，她承认自己杀死了陆茗一，并且想取而代之，作案过程也和我们推测的一样。只不过凤凰楼的事搞得我们头疼，就忘了告诉你。”

“不会吧，我有没有听错？”袁子樱不相信地看着邵英杰，“陆轩一怎么可能想要陆茗一的人生？”

“她不是想要陆茗一的人生，而是要借陆茗一的身份去接近曹昆。”蒲天对着目瞪口呆的袁子樱说，“曹昆是陆轩一的中学同学，在中学毕业那一年，曹昆强暴了陆轩一，这件事一直没有曝光，后来曹昆混进演艺圈，成了陆茗一的男朋友，而陆茗一也知道了当年的事。因为陆百川对两个女儿的态度截然不同，陆茗一的心中其实一直很不平衡，所以就和曹昆一起勒索陆轩一，陆轩一忍无可忍，就以交付勒索款为由把陆茗一骗到酒店房间，实施杀害，然后再假扮陆茗一接近曹昆，意图将他杀害，谁知被曹昆识破了身份，落荒而逃。因为当时曹昆正在法国拍戏，而且他还想继续勒索陆轩一，所以没有马上报警，致使案子拖延了一段时间。”

“真没想到会是这样，”袁子樱无奈地摇摇头，忽然又自己安慰自己地一笑，抬头看向蒲天，“不管怎么样都好，毕深被捕了，从此以后你就安全了。”

“怎么会?”蒲天一副人无近忧，必有远虑的样子，“只要我还是香港警察，就不能和危险分开。你呢，以后有什么打算，继续留在凤凰楼?”

“不，我打算离开了，经过这么多事，我觉得很累，想换个环境好好放松一下自己，再说黎家的人已经决定把凤凰楼整体转让，既然凤凰楼和爸爸脱离关系了，就不再需要我了。”

邵英杰理解地点点头，“其实我也应该好好放松下，去跟方 Sir 告个假。”话音刚落，手机响起，邵英杰一接就变了脸色，说了声“有案子”后拔腿就跑。

“就他这个脾气，还想告假……”蒲天刚要嘲笑邵英杰，自己的手机也响起来，蒲天一看来电显示，顿时做出无奈表情，用为难的目光看向袁子樱。袁子樱歪了歪头，做了个请便的姿势，蒲天一边哈腰，一边追着邵英杰跑远。

雨，又开始下，是从墓碑底下发出的灵魂的哭泣。袁子樱望着他们俩一前一后的背影，心想不知以后在什么时间、什么地方，又能见到他们以另一个身份出现，但愿，不要再有这一天。

尾　记

2013年5月21日　下午

蒲天接到消息，一家游戏机房发生小规模的爆炸，有人在爆炸中死亡。蒲天带人赶到现场，卓晨曦已经在检查尸体了。“卓医生，情况怎么样？”蒲天在卓晨曦身边蹲下，装模作样地捂着鼻子。

卓晨曦指指烧焦的尸体，“全烧焦了，初步估计是近距离的炸弹爆炸导致直接死亡。”

蒲天用虎口托着下巴，微微皱眉，“这个游戏机房已经停止营业了，门窗都关闭着，怎么会突然有个人进来，又突然有炸弹爆炸呢？炸弹的成分搜集得怎么样？”

“已经将炸弹的残骸搜集，一会儿就拿回法证部化验。”一个女化验员的声音传来。刹那间，蒲天打了一个激灵，猛地转过身，看见蹲在地上搜集炸弹残骸的女化验员，那是一张久违的面孔。

“子樱，袁子樱！”蒲天一下子呼出声。他激动地看向晨曦，却看到她窃窃发笑，看来是早就见过了。

袁子樱站起身，她穿着深咖啡色的职业套装，戴着白色的棉布手套，黑框眼镜的镜片下露出干练狡黠的目光。